光文社文庫

文庫オリジナル／長編青春ミステリー

真珠色のコーヒーカップ

赤川次郎

光 文 社

『真珠色のコーヒーカップ』目　次

●主な登場人物のプロフィルと、これまでの歩み

第一作『若草色のポシェット』以来、登場人物たちは、一年一作の刊行ペースと同じく、一年ずつリアルタイムで年齢を重ねてきました。

杉原爽香《すぎはらさやか》……三十三歳。誕生日は、五月九日。名前のとおり爽《さわ》やかで思いやりがあり、正義感の強い性格。中学三年生、十五歳のとき、同級生が殺される事件に巻き込まれて以来、様々な事件に遭遇《そうぐう》する。大学を卒業して半年後の秋、殺人事件の容疑者として追われていた元ＢＦ《ボーイフレンド》・明男《あきお》を無実と信じてかくまうが、真犯人であることを知り、自首《じしゅ》させる。爽香はこの事件を通して、今なお明男を愛していることに気付く。六年前、明男と結婚。高齢者用ケア付きマンション〈Ｐハウス〉から、現在は〈Ｇ興産〉に移り、新しい時代の老人ホームを目指す〈レインボー・プロジェクト〉のチーフ。ついに〈レインボー・ハウス〉が完成。

杉原明男……中学、高校、大学を通じての爽香の同級生。旧姓・丹羽《にわ》。優しいが、優柔不《ゆうじゅうふ》断《だん》な性格。大学進学後、爽香と別れて刈谷祐子《かりやゆうこ》と付き合っていたが、大学教授夫人・中丸真理子《なかまるまりこ》の強引《ごういん》な誘いに負けてしまう。祐子を失ったうえに、就職にも失敗。真理子を殺した罪で服役《ふくえき》していたが、八年前に釈放された。現

在は爽香と結婚し、N運送に勤めている。

河村布子《かわむらきぬこ》……爽香たちの中学時代の担任。着任早々に起こった教え子の殺人事件で知り合った河村刑事と結婚して十四年。現在も爽香たちと交流している。子どもの名前は爽子《さわこ》と達郎《たつろう》。五年前、それまでの学校を辞め、四年前に〈M女子学院〉へ。

河村太郎《たろう》……警視庁の刑事として活躍するが、五年前、ストレスから胃を悪くし、事務職に。四年前に現場に戻るも、事件の捜査のなかで知り合った志乃《しの》との間に娘・あかねが生まれる。一昨年、志乃はあかねとともに河村の前から姿を消す。

田端将夫……〈G興産〉社長。祐子と交際中も、爽香に好意を寄せていた。

栗崎英子《くりさきひでこ》……八年前、子どもたちが起こした偽装誘拐《ぎそうゆうかい》事件に巻き込まれた。七十五歳。かつて大スター女優だったが、爽香の助けなどで映画界に復帰。〈Pハウス〉に入居している。

杉原充夫《みつお》……爽香の十歳上の兄。三児の父。浮気癖や借金等で爽香を心配させる。

杉原綾香《あやか》……充夫の長女。十八歳。昨年、子どもを妊娠したが、中絶する。

麻生賢一《あそうけんいち》……二十七歳。〈G興産〉で三年前から爽香の秘書を務める。一昨年、南寿《みなみす》美代《みよ》と果林《かりん》の母娘と知り合い、結婚。果林は名子役として活躍中。

荻原里美《おぎわらさとみ》……二十歳。四年前、事件で母を亡くし、弟を育てながら〈G興産〉で働いている。昨年、辛い恋を経験する。

浜田今日子《きょうこ》……爽香の同級生で親友。美人で奔放《ほんぽう》、成績優秀。現在は医師として活躍中。

中川満《なかがわみつる》……爽香に「興味がある」という殺し屋。

――杉原爽香、三十三歳の春

1　真夜中

夜の町にオートバイの音が響《ひび》いた。

一台ではない。五台か十台か。かなりの爆音《ばくおん》が、深夜の静寂《せいじゃく》を突き破る。

「来たよ」

と、赤いブルゾンの少女が立ち上った。「みんな、行こう」

少女といっても、たぶんもう十八、九になっている。足がスラリと長く、体つきはもう大人の「女」だ。

自動販売機が並んだ一画に、何となく集まっていた少女たちが立ち上る。

綾香《あやか》は、缶コーヒーの販売機にもたれて立っていた。

気が重かった。楽しいかと期待してやって来たが、少しも気持は弾まなかった。

「――綾香、行こうよ」

と、促《うなが》したのは「ケイコ」である。

ケイコ。「敬子」って書くんだったな、確か。姓は何だっけ？

たぶんそうだ。

綾香は、少し考えないと思い出せなかった。ああ、そうだ。――「熊田《くまだ》敬子」だった。

「うん……」

綾香は迷っていた。

たまたま、ライブハウスの帰りに付合って仲良くなっただけの「敬子」のことを、その実、ほとんど何も知らない。

「週末にさ、面白い集まりがあるの。仲間も一杯来るし、おいでよ」

と誘われて、すぐに肯《うなず》いてしまったのは、週末に家にいたくなかったから。出かける口実が欲しかっただけなのだ。

しかし、敬子の言う「面白い」ことは、綾香にはさっぱり分らなかった。

正直なところ、こうして夜中に知らない女の子たちと、ぼんやりと何かを待っているのは退屈だった。

ビールを飲んで、少し酔ってはいたが、大声で喚いたり、馬鹿笑いしている敬子や他の子たちを見ると、却《かえ》って「さめて」来る。

――ここは私とは縁のない世界だ。

今になって、綾香は気付いた。

このグループにも、リーダーらしい少女はいて、それがあの足の長い子。

敬子は「ミカ」と呼んでいて、心から崇拝《すうはい》しているようだった。いや、確かに「尊敬」を通り越して「崇拝」に近い。

綾香も、初めてその「ミカ」を見た瞬間には、ハッと強くひかれるものを感じた。

冷たいほどの美貌《びぼう》。そして、妖《あや》しい雰囲気……。

何てすてきな子だろう……。

でも、一旦口を開いてしゃべり始めると、そのときめきは幻滅《げんめつ》に変った。

ミカの話は今夜会うことになっている「男」のことばかりだった。大型バイクを乗り回し、暴走族のリーダーなのだという。

他の子たちは、それだけで、

「へえ……」

「凄《すご》い」

と、感心している。

でも、綾香には分らなかった。オートバイを夜中に乗り回して、何が面白いの？

大人への反抗？　でも、そういう自分が、もう「大人」じゃないのか。

どうやらミカという少女は、そのリーダーの男――ケンジと呼んでいた――の「女」らしい。そして、ミカ自身、ケンジのものだということに誇りを持っているらしいのだ。

綾香には、そんな言葉が空々《そらぞら》しく響く。

男と女じゃないの、結局。男は体で女を自分の支配下に置こうとする。どうカッコつけたって、同じことよ。

妊娠したら？　どうするの？　ミカが大きなお腹を抱えて歩いているのを想像すると、その「妖しい美しさ」もどこかへ消えてしまった。

「――綾香」

と、敬子が綾香の腕を取る。「さあ、行こう」

「ごめん」

と、綾香は首を振って、「ちょっと気分が悪いんだ。行って。私、やめとく」

「でも――」

「早く行って。遅れるよ」

綾香の言葉に、敬子は少し迷っていたが、

「じゃあ……次のときはきっとね」

と言って、他の子たちを追いかけて行った。

もう、次はないよ。――綾香はフラッと歩き出した。

まだ時折、下腹に引きつるような痛みを感じることがある。

――去年、妊娠した綾香は、子供を中絶した。その手術。

思い出しただけで、体が震える。

家でいくら責められ、叱られても、あの経験に比べたら、どうってことはない。

誰の子なの！

母はヒステリックに怒鳴った。

でも、綾香は決して言わなかった。

そばにいて、励ましてくれたのは爽香《さやか》だった。

「一番辛かったのは、綾香ちゃんだから」

と、母の則子《のりこ》に言って、綾香をかばってくれた。

父、充夫《みつお》も、母も、お互いの浮気は承知の上である。娘に男のことであれこれ説教できる立場ではなく、何となく日が過ぎると曖昧《あいまい》になって、今はもう何も言わない。

それでも、週末になるとたいていは友だちの家に泊めてもらったり（ただし女の子だ）している。

爽香に対しては後ろめたい思いもあるが、家での重苦しい空気に耐えられないのだ。

時々、爽香も心配して、電話やメールをくれるが、爽香自身、今は大変な忙しさだった。

あの〈レインボー・ハウス〉が完成して、入居が始まっている。

綾香は、自分のことであまり爽香を煩《わずら》わせたくなかった。

――綾香は足を止めた。

何の騒ぎ?

五、六分は歩いて来ていたが、夜中の道は寂しく、人通りもない。

その静けさを破って、突然叫び声のようなものが聞こえて来たのである。――オートバイの爆音も聞こえる。

怒鳴る声、金属のぶつかる音、女の子の金切り声……。

何かあったのだ。――どうしたんだろう?

綾香は気になって、少し音のする方向を見ていたが、係り合いにならない方がいい、と思い直して、再び歩き出した。

とはいえ、夜道だ。どこをどう歩いているのか、自分でもよく分らない。ともかく、少しでも人通りの多そうな方向へと向っているつもりだったのだが……。

少し行って、綾香は足を止めた。

オフィスビルらしい建物が行手を遮っていて、そこはむろん真暗だ。

「参ったな……」

と、ため息まじりに呟く。

でも、道があるからには、どこかへ出るんだろう。ビルのわきを通る細い道が目に入った。

今さら戻るわけにもいかず、綾香は前へ進むことにした。

そのビルの前を通り過ぎようとしたときだった。

「綾香！」

と、突然甲高い声がして、びっくりして振り向くと、さっき別れた敬子が走って来た。

「どうしたの？」

「助けて！　綾香、お願い！　助けてよ！」

敬子はやみくもに綾香へしがみついて来た。

ビルの前の街灯の明りが、敬子を照らして、綾香は息をのんだ。

「どうしたっていうの？　けが？」

敬子のシャツは引き裂かれ、ブラジャーが覗いている。そして、そのシャツにも、敬子の顔にも、血が飛び散っているのだ。

「敬子、しっかりして！」

綾香が大声で言っても、敬子は返事をする余裕などないようで、

「あいつらが追いかけて来る！　殺されちゃうよ！」

と、泣き叫ぶばかり。

そのとき、綾香も気付いた。——オートバイの爆音が近付いて来ていることに。


「おい……」

先に目を覚ましたのは明男《あきお》の方だった。

二つのベッドの間のナイトテーブルの上で、ケータイが鳴っている。

「おい、爽香。——大丈夫か？」

いつもならパッと目を覚ます爽香が起きようとしないので、明男はちょっと心配になったのだ。

「ウーン……」

爽香は、唸《うな》り声を上げた。

どうやら具合が悪いわけではないらしい。

仕方なく明男は手を伸《の》ばして、爽香のケータイを手に取った。——綾香からだ。

「もしもし。綾香ちゃんか。明男だよ」

と、出てみると、

「あ、おじさん。爽香おばちゃん、いる？」

綾香の声は、どこかただならぬ気配を感じさせた。

「うん、ここにいる。ちょっと待って」

明男の声で、爽香も目が覚めたらしい。目を無理に開けながら、

「綾香ちゃん？　どうしたの？」

「分らないけど、どうもただごとじゃないみたいだ」

爽香もベッドに起き上った。

「――はい。――うん、いいのよ。何かあったの？」

爽香としては、まず兄の充夫か、その妻の則子に何か起こったのかと考えてしまう。何か起こった、と言うより、何か起こしたと言うべきか。

「あのね、暴走族みたいな連中に追われてるの」

「何ですって？」

いっぺんに眠気が覚めてしまった。「それって……」

「私が追われてるんじゃない。でも、ちょっと知ってる女の子が一人。――今、隠れてるの」

「待って。どこにいるの？　場所、分る？」

明男が明りを点けて、メモ用紙とボールペンを爽香へ渡した。

「――分った。そこにいて。近くへ行ったら、電話するわ」

爽香は起き出して、「――明男。ごめん」

と、手を合せた。

「今度は何事だ？」

と、明男は苦笑した。

爽香が、綾香に聞いたままを伝えると、

「そいつは大変だな。よし、車を出そう」

「悪いね」

「何言ってんだ。どうせお前を一人じゃやれないよ」

ベッドから出て、明男は洗面所へ行くと、バシャバシャと派手な音をたてて顔を洗った。

その間に爽香は身仕度をする。

「——行こう」

と、車のキーをつかんで、明男が言った。

二人は急いで家を出た。

——もちろん、本当なら、

「いい加減にしてよ」

と言ってやってもいい。

充夫や則子は、何も知らないのだろう。

それに、明日も朝八時にはオープンした〈レインボー・ハウス〉へ行かなくてはならない爽香である。

しかし、綾香を放ってはおけないという気持も、夫婦ともども持っている。

明男は少し車のスピードを出して、夜の道を飛ばした。

「しかし、どうして暴走族なんかに……」

と、ハンドルを握って明男が言った。

「分らないわ。綾香ちゃん自身は巻き込まれただけかもしれない」

希望的観測であることは承知だ。

たとえ我が子でも、外で何をして、誰と会っているか、分るものではない。

「——その後、綾香ちゃんとじっくり話してないから」

「そんな時間、なかったろ」

「うん。でも、子供から見れば……」

「本当の両親が何もしてやらないんじゃな」

と、明男は言って、「——分ったのか、結局？」

「綾香ちゃんの相手？　いいえ」

「まだ続いてるのかな」

「当人は、もう別れたって言ってるけど」

と、爽香は首を振って、「どこまで信じていいか……。でも、私の印象じゃ、本当に未練ないみたいだった」

「母親の方は？」

「則子さん？　松橋《まつはし》とかいうエアロビ教室の経営者と、まだ続いてるようよ」

「娘に説教できた柄じゃないな」

「そうね。心配なのは——」

「何だ？」

「お兄さんの方よ。奥さんの浮気に、何も言わないのが気になる」

「つまり……」

「自分もしてるから、却って気が楽ってことかもしれない」

「誰と？」

「分らない。でも、お兄さんのことだから、会社の子か……」

「またかい？」

「こりない人なのよ、知ってるでしょ？」

「うん……」

爽香自身、はっきりした証拠があるわけではないが、おそらく今、兄の充夫がまた「彼女」を作っているだろうと思っていた。

借金の方が少し落ちついたら、早速女か。

借金だって、爽香が頼んで田端《たばた》社長から借りた分は、爽香が少しずつ返しているだけで、充夫はすっかり終ったことと思っているらしい。

それはともかく……。

「もうじきだ」

と、明男が言った。

考えていたより大分早く着けそうだ、と爽香は思った。――雨が降り始めた。

2　恩　義

少し蒸し蒸しする夜だった。

雨は、降り始めるとたちまち本降りになって、アスファルトにはねた。

爽香はケータイを取り出して、綾香へかけた。

「――今、近くまで来てるわ」

「ありがとう！　N社のビルって分る？」

「N社ね……」

雨の中では、よく見えない。

「オートバイだ」

と、明男が言った。

車のライトの中に、何台ものオートバイが浮んで、アッという間にすれ違って行った。

「幸運だな。この雨で、暴走族も引き上げて行く」

「良かった。――あ、今、N社のプレートが……」

矢印に従って二百メートルほど行くと、そのビルはあった。

「あそこだ」

爽香は、ビルのわきの小さな出入口の所で手を振っている綾香を見付けた。

車をその前へ寄せると、綾香が駆け寄って来た。

「綾香ちゃん、大丈夫?」

「ごめんね、こんな時間に」

「そんなことより……。その女の子は?」

「中にいるの」

——〈夜間出入口〉という文字が、照明に浮んでいる。

ドアを開けて入ると、

「やあ、迎えが来たか」

と、ガードマンの制服の男が出て来た。

まだ三十を少し出たくらいか。爽香たちと同年代だろう。

爽香は礼を言った。

「いえ、とんでもない。ちょうど外が騒がしいんで、何ごとかと思って見に出たら、この子たちがね」

ビルの警備員は、安藤《あんどう》といった。スポーツマン風の体格をしている。

「もう一人の子は?」

「中でソファに寝かしてありますよ。ちょっとけがもしてるし、怯えてるんでね。病院へ連れて行った方がいいかもしれない」

「分りました」

爽香は、綾香の方へ、「何があったの?」

と訊いた。

「私にもよく分らない。突然あの子が逃げて来て……」

綾香が今夜のいきさつを順序立てて話すと、

「——じゃ、その敬子っていう子が追われて来たっていうわけね」

「うん。でも、怖がって震えてるばかりで、何も話そうとしないの」

「何かよほどのことがあったんだろうね」

と、安藤が言った。「服が引き裂かれてたし」

「ともかく病院へ連れて行こう」

と、明男が言った。「問題は……」

「警察ね。——でも、何があったか分らないのに知らせても、手を打ってはくれないだろうけど」

「よし。病院へ運んで、落ちついてからということにしよう。だけど、敬子って子にずっとついてるわけにもいかない」

「それは私が」

と、綾香が言った。「親しいわけじゃないけど、一応知り合いだし」

「じゃ、お願いするわ。あなたのお家には、うまく言っとくから」

「ありがとう。——ごめんね、爽香おばちゃん」

「どういたしまして」

と、爽香がニッコリ笑った。

「どこの病院へ運ぶ？」

「そうね……。今日子《きようこ》に電話してみる」

こんな時間に叩き起こして平気なのは、旧友の浜田《はまだ》今日子ぐらいだ。今日子もすでに女医としてキャリアを積んでいる。

眠そうな声で電話に出た今日子へ、手短かに事情を説明すると、

「分った。連絡しとくから、救急の入口に行って」

「悪いね、いつも」

「あんたと付合ってると、慣れっこよ」

と、今日子は言った。「ともかく、その子は病院に任せて、あんたは帰って寝なさい」

「はいはい」

「調子悪かったら、いつでも来るのよ」

口やかましいが、ありがたい友である。

――まだ放心状態の熊田敬子を、綾香と明男が両側から支えて、車まで連れて行った。

雨は大分小降りになっている。

「お世話になりました」

と、爽香は、安藤に礼を言った。

「気を付けて」

「ありがとう」

と、綾香が少し照れたように手を振る。

明男が車を出して、病院へ向った。

敬子は、やっと少し安心したのか、綾香にもたれかかって眠った様子だ。

「何があったのかな」

と、明男が言った。

「さあ……。あんまり大変なことにならないといいけどね」

爽香も少しホッとしたせいか、助手席でウトウトしかけていた。

そう。でも――。

大体、厄介《やっかい》ごとというのは、小さな発端から悪い方へ悪い方へと転って行くものだ。お願いだから、と爽香は思った。これ以上、厄介ごとを抱え込ませないで!

「おはよう」

と、爽香は言った。

「あ、おはようございます」

と、荻原里美《おぎわらさとみ》は足を止めて、「今出社ですか?」

「そうよ。寝坊してね」

「珍しい」

と、里美は笑った。

爽香は本社のスタッフルームへと向った。

朝の約束は、電話を入れて他のメンバーに代ってもらったのだ。

絶対に爽香でなければ、という用は限られている。できるだけ他のスタッフの誰かに任せられるものをふやして行く。

そうしないと、爽香自身、どの仕事も中途半端になってしまう。

一日本社に来ないと、連絡や伝言のファックス、メールが届いていることがある。

今日も、何件かのメールに手早く返信を打っていると、

「はい、苦いお茶」

と、里美が出してくれる。

「ありがとう」

――荻原里美も、去年は辛い恋を経験したが、もう立ち直って明るく働いている。それでも、今年は二十歳になる。もう子供ではない。

着るものも、身につけた雰囲気も、大人びて来て、爽香などハッとすることがある。

「そうだ。里美ちゃん、新聞ある?」

「今朝のですか? 持って来ます」

爽香は、手もとに来た朝刊の社会面を見たが、ゆうべの出来事と係りのありそうな記事は見当らなかった。――大したことではなかったのか。それとも、時間的に朝刊に間に合わなかったのか……。

「――〈レインボー・ハウス〉へ行ってる」

と、他のメンバーへ言って席を立つと、

「チーフ、社長がお呼びです」

と、声がかかる。

「五分早く出るんだった!」

と、爽香は真面目な顔で言った。

――社長室に入ると、社長の田端将夫《まさお》が電話で話をしながら、爽香に手を上げて見せた。

まあ、そう悪い話ではなさそうだ。

ソファにかけて待っていると、田端は電話を切り上げて、

「これから向うか」

「はい。社長、今の電話、もしかして英語で話しておられたんですか」

「もしかして、はないだろ。英語だよ」

「英語みたいな日本語だな、と思いました」

「こいつめ」

と、田端は笑って、「ヨーロッパへ行ってくれと言ったら、どうする?」

「ご冗談を」

と、爽香は笑った。

「本気だ」

「あの――この大切な時期にですか?」

「何も、ヨーロッパ駐在員になれと言ってるんじゃない。一週間くらいだ」

爽香は深呼吸をして、

「今日はエイプリルフールじゃないですよね?」

と言った……。

爽香は、麻生《あそう》の運転する車で、〈レインボー・ハウス〉へと向った。

「昨日、雑誌で見ました」

と、麻生が言った。

「もう出てた？　写真のうつり、どうだった？　あのときはひどかったんだ、前の日徹夜で」

「元気そうでしたよ」

「そう……」

爽香の秘書、麻生は、爽香の信奉者の一人である。

「奥さん、どう？」

「ええ、順調です。そうつわりもなくて」

五つ年上の寿美代《すみよ》が今妊娠している。下ができるというので、連れ子の果林《かりん》も喜んでいるようだ。

果林は、すでに「名子役」という評価が定まって、小学校での勉強とうまく両立させていた。

それには、かつての大女優、栗崎英子《くりさきひでこ》の助言も大きい。爽香が前にいた〈Pハウス〉に入居している英子があれこれとアドバイスをしてくれる。

「でも、あんまり無理させちゃだめよ。気を付けてね」

「はい」

と、麻生は言った。「果林に、ときどきはついて行ってやろうかと思います」

「そうしてあげなさい。いつでも言って」

「よろしく」

麻生は車が赤信号で停ると、「――チーフ、最近できた喫茶店、知ってますか？」

「どこの？」

「ビルの裏というか……。元、ジュエリーショップだった所です」

「ああ。工事してたわね」

「なかなか落ちついた雰囲気の喫茶店になりました。コーヒー、旨いんですよ」

「へえ。行ってみるわ」

「きっとチーフも気に入ると思いますよ」

爽香のケータイが鳴った。

「――あ、先生」

中学からの恩師、河村布子《かわむらきぬこ》である。

「お仕事中でしょ？　ごめんなさい」

「いえ、ちっとも」

「今月の末に、爽子《さわこ》の出るコンサートがあるの。良かったら、明男君と聞きに来てくれる?」

「もちろんですよ!　いつですか?」

爽香は手帳を出して開けながら、「――日曜日ですね。じゃ、明男も引張って行きますよ」

「ありがとう」

「頑張ってますね、爽子ちゃん」

「ともかく、本人が楽しそうだから」

布子の娘、爽子はヴァイオリンの才能を見出されて、見る見る内に上達した。

「河村さん、お元気ですか」

「ええ、戸惑ってはいるみたいだけど、何しろ刑事一筋だったから」

河村太郎《たろう》は、体の無理がきかないこともあって、民間の警備会社に転職した。

そして退職金は爽子のヴァイオリンを買うのにつかったのである。

一千万円のヴァイオリン。――爽子は、その期待に十二分に答えていた。

「どう?」

と、布子は言った。「またあなた、何か物騒なことに巻き込まれてない?」

「先生。――どうして分るんですか?」

「教師だもの」

と、布子は笑って、「本当に?」

「その可能性ありなんです」

と、爽香はため息をついて、「必要なときは、ご連絡します」

「その様子じゃ、必要になりそうね」

「私もそう思います」

と、爽香は苦笑しながら言った……。

3 抗争

西川治男《にしかわはるお》は大欠伸しながらタクシーを降りた。

「勘弁してくれよ……」

と、思わず呟く。

パトカーが何台も停っていて、野次馬が何人か立ち止っている。

「S署の西川だ」

と、整理に当っている警官へ言った。

「ご苦労さまです」

「全くな」

と、呟くように言って、張られたロープをくぐる。

道はその区間、通行止になっていて、迂回しなければならないドライバーが文句を言っているのが、西川の耳に入って来た。

しかし、西川は、その状況をひと目見ると、たちまち眠気が吹っ飛んでしまった。

「こいつは凄い……」

およそ、五、六十メートルに渡って、十数台のバイクが転倒していた。ガラスの破片、こぼれたガソリンが黒い帯を路上に描いている。

「——西川さん」

と、やって来たのは、後輩の武居《たけい》刑事である。「すみません、お疲れのところ」

西川が、ゆうべの——というより今朝の四時ごろ、やっと容疑者を逮捕して、「ひと仕事終えた」ところだと知っているので、武居は恐縮しているのだ。

「いや、そんなことはいい」

西川は首を振って、「派手にやらかしたもんだな」

「ええ。こんな場所なんで、目撃者はいないんですが、どう見ても、暴走族同士の争いですね」

と、武居は言った。

「けが人や死者は？」

「当然いたはずです。このひどさを見ると、死者が出ててもおかしくない」

「近くの病院は？」

「当っていますが、今のところまだ……」

と、武居は言った。「ゆうべ、この争いの後に強い雨が降ったんです。血など洗い流されてしまったでしょう」

「なるほど。ガソリンだけが残ったか」

西川は眠気をさますように、頭を振った。「すまんが、この辺でコーヒーが飲める所はないか。紙コップでなきゃ、どこでもいい」

「この先を曲ると、一軒、喫茶店があります」

と、武居は指さして、「どうぞ。何かあれば呼びに行きます」

「頼むよ」

西川は、また頭を振って歩き出したが、

「――凄いバイクだな」

と、転倒している一台のオートバイのそばで足を止めた。

ドイツ製の「名車」である。オートバイといっても、車より高い。

「今、持主を当っています」

と、武居が言った。「すぐ割り出せますよ」

「だろうな」

西川は肯いて、また歩き出した。


「今日は三軒です」

と、〈レインボー・ハウス〉の入居担当者が言った。「時間をずらしてもらっていますが……」

「長くかかるわよね、引越しの荷物は」

と、爽香は言った。

「最初のトラックが遅れたときが一番困るんです。次もどんどん遅れますからね。そういう所に限って、また仕事が遅いというか、手際が悪いんですよ」

「そんなものよね」

前もって、引越先を下見しているはずだが、中には「地図と間取りの図面さえあればいい」と言う業者もある。

しかし、間取りの図面だけでは、荷物が果して廊下を曲れるか、あるいは高さは大丈夫か、といった点は分らない。

——今日は順調に進んでいる。

爽香は、入居して来る新しい「住人」には、モデルルームの案内の時点から何度も会っているから、引越して来るときはすっかり顔なじみである。

そして、この〈レインボー・ハウス〉の土地を持っていた人たちも、すでに何組か入居していた。

「——爽香さん」

と、声がした。

「あ、八重《やえ》さん！」

爽香は思わず声を上げた。

この建物の建設に当っての現場監督だった両角《もろずみ》八重である。

「しばらくね」

と、爽香は八重の手を握って、「こちらも連絡しなくてごめんなさい」

「いいんですよ。忙しいのは分ってるし」

と、八重は首を振って、「何か問題、出ていません？　心配で」

「今のところ、何も苦情はないわ。大丈夫。何かあれば、あなたが南極で仕事してても呼びつけるわ」

「いつでもどうぞ」

と、八重は笑って、「本当にいい仕事をさせていただいて、嬉しかった。生涯忘れられない建物ですよ」

八重は、我が子を見るような目で、〈レインボー・ハウス〉を見上げていた。

「外壁のタイル、日が当ると、思ったより明るい色になるわね」

と、爽香は言った。「明男が好きなの、この色」

「それで選んだわけじゃないんでしょ？」

「まさか」

と、爽香は笑った。

「お元気ですか、ご主人？」

と、八重が訊く。

去年、八重を招んで、三人で食事したことがある。

「ええ。少し太ったって気にしてるけど」

「よろしくおっしゃって下さい。私も、あんな男が見付からないかなあ」

と、八重が少しおどけて言った。

「まだ恋人いないの？」

「そうなんですよ。でも、みんなふしぎと同情してくれなくて」

爽香のケータイが鳴った。

「ごめん。——もしもし」

「爽香おばちゃん」

「綾香ちゃん。どうかした？」

公衆電話からになっているのは、病院からかけているせいだろう。

「入院してた熊田敬子のご両親がみえたの、さっき」

「連絡がついたのね」

「敬子が、大分落ちついて、病院から連絡してもらったらしい」

「そう」

「でもね、ご両親、病院に来たら、強引に敬子を退院させて、今連れて帰っちゃったの」

「え？」

爽香もびっくりした。「それで、何があったのか、話してた？」

「私は聞いてない。ご両親が何か話してたみたいだけど……」

なるほど。

おそらく、娘の話を聞いて、何かの事件に係って、娘の名が出るのを恐れたのだろう。

「どうしたらいいかしら」

と、綾香は言った。「ゆうべの音、ただごとじゃなかったと思う」

「そうね。――いいわ。私の方で、ちょっと当ってみる。何かあれば連絡するから」

「うん。分った」

と、綾香は少しホッとした様子で、「ごめんね、忙しいのに」

「いいのよ。――今日、学校は？」

「うん、一旦家に帰ってから行く」

「そう。何かあれば、いつでも電話して」

「ありがとう」

綾香の話し方が、明るく屈託のないものだと、爽香はホッとする。

通話を切って振り返ると、八重が微笑んで爽香を見ている。

「八重さん、何をニヤニヤしてるの？」

「相変らずだな、と思って」

と、八重は言った。「何でも自分がしょい込んで。——用心して下さいね、体をこわさないように」

「ご心配いただいて、どうも」

と、爽香は笑って、「でも、結局自分が確かめないと気がすまないんだから、初めから自分がやった方がいいの」

「そうですね。私も同じ」

「でしょ？」

爽香は、そう言いながら、河村のケータイへとかけていた。

「——やあ、元気かい」

河村の声は、明るかった。

「河村さんも、新しい職場で張り切ってます？」

「うん。刑事時代には、こんな仕事に移ったら退屈だろうなと思ってた。でも、実際やってみると大変なんだ」

「民間企業ですものね」

「そう。むだな支出を減らす努力とか、一軒ずつ違う防犯のレベルとか……。ともかく、思ってもいなかったことが山ほどあってね。これはこれで、刺激があって面白い」

と、河村は愉しげに言った。「ところで、何か用事かい？」

「ごめんなさい、お仕事中に。それも、前職と係りのあることで」

「え？　君、また殺人事件に巻き込まれてるの？」

「河村さん。――面白がってるでしょ」

「だって、笑うしかないじゃないか」

「あのね……。ま、いいです。私じゃなくて、姪の綾香のことで」

「何かあったの？」

爽香は、事情をザッと説明し、

「そういう事件があったかどうか、分りますか？」

「訊いてみるよ。その入院してた子が、何か見てたかもしれない、ってわけだね」

「ええ。ひどく怯えて逃げてたってことですから」

「当然、その近辺の病院などへは聞き込みが行ってると思うがね」

と、河村は少し考えてから言った。「しかし、それが暴走族同士の争いとか、仲間内での喧嘩だったりすると、なかなか実態は分らないかもしれない。どっちも、警察がのり出して来るのを嫌うだろうからね。病院に行くにしても、わざと遠くへ行ったりする」

「そうですか。——でも傷害事件にはなりますよね」

「そうさせないために、その女の子にしゃべらせないよう、脅しをかけてくるかもしれない」

「そうなったら、綾香ちゃんも巻き込まれる可能性がありますね」

「ということは、君も巻き込まれるかもしれないってことだ」

「冗談じゃないですよ。目が回りそうなくらい忙しいのに」

と、爽香はため息をついた。

「何か分ったら、連絡するよ」

「お願いします」

爽香はくり返し礼を言って、通話を切った。

両角八重は、

「用心して下さいよ」

と言った。「爽香さんは大切な体なんですから」

「だから、きっと神様も生かしといてくれると思ってるの」

爽香は、〈レインボー・ハウス〉の中のティールームに八重を誘った。

「エレベーター、明るくていいですね」

と、八重は言った。

「大変なのは、これを維持して行くことだわ」

あの〈Pハウス〉で、運営していくことの苦労を経験している。

入居する人々は、みんなそれぞれ長い人生を送って来て、各々が自分の「生き方」を持っている。

そんな人々が、うまく折り合いをつけて共同生活をするのは、いかに難しいことか。爽香は身にしみて分っていた。

元気な内はどんどん外へ出て働く人もあれば、もう充分働いたから、後は好きなことをして暮すという人もいる。

その「好きなこと」も、千差万別だ。

また中には、職場で大勢の人の上に立っていた人が少なくない。そういう人は、どこでも自分が人を「従わせて」いないと気が済まない、ということがよくある。

同じタイプの人が二人いれば、たちまち「主導権争い」を始める。

そういう人間関係の、ややこしいもつれの中に入って、爽香はずいぶん苦労した。

ここでも、事情は変らないと思わなくてはならない。

大変なのはこれからだ……。

心配していたらきりがない。

「——いい眺め」

最上階のティールームで、爽香とコーヒーを飲みながら、八重は息をついた。「ここは成功しますよ」

「そう願うわ」

と、爽香は肯いた。

「もう、ほとんど部屋は埋ったんでしょ？」

「九割方ね。でも、入居が終らないと安心できないわ」

「心配性ですね。——私の方は、建ってしまえば基本的には終りですから。気が楽だわ」

「交替する？」

「じゃ、ご主人も込みで」

と言って、八重は笑った。

4　帰　国

ルフトハンザ機は徐々に降下を始めていた。

ジャンボ機が、気流の影響を受けて揺れてくる。

色部《いろべ》はチラッと隣の席の結《ゆい》を見た。

結は、別に怖がる風でもなく、窓の外を眺めている。——朝食をすまして、すでにトレイも片付けてあった。

「あと一時間くらいだな」

と、色部は言った。

「早いなあ、一週間って」

結が、ため息と共に言った。

「またその内行くさ」

「『その内』って、二、三年先でしょ?」

「そう言われても仕方ないな」

と、色部は苦笑した。

「冗談よ」

結は、色部の肘《ひじ》かけにのせた手に、自分の白い手を重ねた。「——忙しいのに、ありがとう。楽しかったわ」

「良かった」

色部はもう一方の手を、結の手の上に、さらに重ねた。

「——色部様」

スチュワーデスがやって来た。「何かお飲物をお持ちしますか」

「いや、今はいい」

「失礼いたしました。——そちら様は」

「私もいらないわ」

スチュワーデスが行ってしまうと、結は、「どう呼んだらいいか、困ってるわね」

と、小声で言った。

「ああ、そうだな」

——色部貞吉《さだきち》は、この機のファーストクラスの「常連」である。当然のことながら、スチュワーデスも色部のことを知っている。

しかし——今、ファーストクラスで窓側の席に座っている久保田《くぼた》結のことは、全く知らない。

どう呼んだらいいのか。——困るのも当然だ。

色部貞吉は六十六歳。久保田結は二十七歳。四十近い差がある。

妻ではない。色部の妻、靖代《やすよ》は、何度かこのフライトに同乗していたこともある。

といって、娘でもないのは一見して分る。

つまり——当然、スチュワーデスも、久保田結が色部の「彼女」だということは察している。

しかし、「どう呼べばいいか」は判断できないのだ。

まさか「奥様」とは呼べないし、「お嬢様」でもないだろう。といって、名前で呼んで色部の機嫌をそこねたりしては大変だ……。

色部は、スチュワーデスたちが声をひそめて、「どうする?」と相談しているところを想像して、ニヤニヤしていた。

——色部貞吉は三十以上の企業を傘下に持つ〈S工業グループ〉の会長である。

ヨーロッパへの出張も年中だ。しかし、こうして若い恋人を連れての旅は珍しかった。

費用はもちろんどうということもない。妻の靖代も、色部がいつも若い女を置いているのに慣れているから、文句も言わない。

しかし、色部は忙し過ぎる。

久保田結は一応色部の「秘書」である。元は本社の庶務にいた、ごく普通のＯＬだった。

ある会合で、お茶出しの手伝いに駆り出されて、久保田結は初めて色部を見た。

そして、色部もまた、会合のことなどそっちのけで結に目をひかれたのだった……。

色部はその翌日、久保田結を直属の「秘書」にした。――二年前のことだ。

結を連れての一週間のヨーロッパ旅行。

これほど長く二人で過したのは初めてのことだった。

「おみやげが大変だわ」

と、結が言った。「誰に何を買ったか、忘れそう」

「ちゃんとメモしとけ」

「したけど、そのメモがどこかに行っちゃったのよ」

結はおっとりした呑気な娘である。

そこが、色部にとっては気が休まっていいのだ。

当然、秘書の仕事など結はろくにできない。それでも、毎日出勤しては、お茶をいれたり、資料の整理をしたりしていた。

立場からいえば、同僚の女性たちからは嫌われて当然だが、割合に好意を持って見られているのは、やはり結のおっとりした性格の故だろう。

「成田に五十嵐《いがらし》が迎えに来ている」

と、色部は言った。「荷物は彼に運ばせろ」

「ええ。――あなたはどうするの？」

「出社する。成田へ着いて会社へ回れば、ちょうどいい時間だ」

「じゃ、私も行くわ」

「少し体を休めろ。くたびれただろう」

結はちょっと笑って、

「六十六歳が二十七歳に向って言うこと？」

色部も一緒になって笑った……。


「お帰りなさいませ」

到着口を出ると、目の前に五十嵐が立っていた。――色部の「本当の秘書」である。

五十嵐努《つとむ》は今三十八歳で、十年以上、色部の秘書をつとめている。

「やあ、早くにご苦労」

ヨーロッパからの便は、時差の関係で成田に朝早く着くのだ。

「会長」

と、五十嵐が言った。「真直ぐお宅へお戻り下さい」

「どうしてだ？」

と訊いて、色部は初めて五十嵐の表情に気付いた。

何かあったのだ。それも、よほど大変なことが。

「何があった」

と、色部が訊くと、

「途中、車の中で」

と、五十嵐は目を伏せた。

「分った。——結、すまんが、タクシーを拾って帰ってくれ」

「はい」

結は肯いて、「ちょっと——荷物、タクシーに載せるの、手伝ってくれる？」

「もちろん」

五十嵐がすぐに両手一杯の荷物を手に、「会長、こちらで少しお待ち下さい」

と言って、足早にタクシー乗場へと歩き出す。

「いつもせっかちな人ね」

と、結は笑って、「じゃ、明日」

「ああ」

と、色部は肯いて見せた。

——五十嵐が戻って来るまでが、いやに長く感じられた。

何があったのか、想像しないようにしていた。

「──参りましょう」

五十嵐が戻って来て、色部のスーツケースを引いて行く。

外では、大型の外車が色部を待っていた。

運転席と後部座席が仕切ってある。

車が滑らかに走り出すと、

「言ってくれ」

と、色部が言った。「何があった」

五十嵐が、ちょっと汗を拭いて、

「会長。──悪いお知らせです」

「分ってる。誰だ？」

「健治《けんじ》様が……」

恐れていた名だった。

色部の一人息子である。

「死んだのか……」

「はい」

色部は目を閉じて、何度か深呼吸した。

「ご連絡しようかとも思いましたが、もう飛行機に乗られた後でしたので」

「そうか。――いつだ？」

「ゆうべです。確か、夜の八時か九時ころだったと……」

「靖代はそばにいたのか」

「はい。靖代様とエリ様はおそばに……」

色部は、しばらく間を置いてから言った。

「――なぜ死んだ？」

「それが――殺されたようなのです」

色部の顔が朱に染った。

車が屋敷に入って、色部が降り立つと、

「あなた」

妻の靖代が走り出て来た。

「五十嵐から聞いた」

「あの子が……」

靖代がワッと泣き崩れる。

グレーのスーツを着た靖代を見て、こんなときに色部は、美しいと思った。

「――お帰りなさい」

娘のエリが玄関の上り口に立っていた。

「うむ……」

靖代は四十五歳。色部より二十以上年下である。

息子健治は二十一歳だった。エリはまだ十八の大学一年生だ。

「シャワーを浴びて、着替える」

「はい」

色部は広い階段を上った。靖代がついて上ると、寝室で着替えを出した。

――五十嵐がスーツケースを運び込んでいるのを、エリは眺めていた。

「五十嵐さん。あの女は？」

「久保田さんですか？　空港からタクシーで帰りました」

「知ってるの？」

「いえ、話していません」

「そう。――知りたがるタイプじゃないしね」

エリはちょっと皮肉っぽく、「お兄さんが死にかけてるとき、お父さんは若い女を抱いてたんだ」

「エリさん……」

「別に、それがどうって言ってんじゃないわ」

エリは母と似たグレーのワンピースを着ていた。「お葬式はいつかな」

「差し当り、警察の方で検死があると思います」

「そうか。——いやね」

「ですが、誰があんなことをしたのか……」

「犯人が分っても、お兄さん、戻って来ないわ」

エリは淡々と言った。

「いやなことは私にお任せ下さい」

「五十嵐さんがいないと、何もできないわね」

エリは居間へ入って、ソファに腰をおろした。

「エリさん……」

「お腹空いてるでしょ？　台所にサンドイッチとコーヒーがある」

「そうですか。——ちょうだいします」

「お父さん、病院へ行きたがるわ」

「そうですね」

五十嵐はキッチンへ行くと、自分でコーヒーをカップへ注ぎ、手早くサンドイッチをつまんだ。

いつの間にかエリがやって来て、五十嵐の後ろに立っていた。

「お兄さん、何をしてたんだろ」

「さあ……」

「恋人、いたのかな」

「どうでしょう」

「私も、お兄さんが何してたのか、知らないんだ」

エリは甘えるように五十嵐の肩に手をかけて、「頼りになるのはあなただわ」

と、ため息をついた。

「エリさん――」

エリは身をかがめて、五十嵐にキスすると、

「しばらくは会えないね」

と、呟くように言った……。

5　新しい店

まず、入口のドアが、どっしりと分厚い木の扉で、自動ドアが当り前という常識を裏切っていた。

しかし、その木材の質そのものが高級なので、手で開けて入るのが却って新鮮な感じである。

「いらっしゃいませ」

いいタイミングで声がかかる。

テーブルが四つと、カウンターの店内。

薄暗い喫茶店、という想像は間違っていた。ビルの谷間なのだが、明るい日射しが入り、店内は明るい。

客は一人、のんびりと本を開いている初老の男性だけだった。

「ご自由にどうぞ」

カウンターの中の男性が言った。

爽香は、ちょっと迷ったが、テーブルの席についた。

——麻生に教えられた新しい喫茶店である。

ちょっと目立たない場所にあるが、といって不便ではない。

椅子にかけても、爽香はつい品定めをしてしまう。仕事柄、椅子一つもどんなに選び方が難しいか、よく知っているからである。

どんなに立派な店でも、椅子が座りにくかったり、腰が痛くなるようでは客は離れる。

また、立ったり座ったりするときに、椅子が動かなくても使いにくい。

座り心地は申し分なかった。

「——いらっしゃいませ」

カウンターから出て来た男性が、水のグラスを置く。そして熱いおしぼり。ペーパータオルではない。

「コーヒーを」

と、爽香は言った。「おすすめの豆で結構です」

「かしこまりました」
四十五、六というところだろうか。頭は大分薄くなっているが、老けた印象はない。
「杉原爽香さんですか」

と言われて、びっくりした。

「私のこと……」

「いえ。麻生さんから伺っていた通りの方なので」

「そうですか」

爽香は笑った。「悪口、言ってませんでした？」

「いやいや、杉原さんのためなら、たとえ火の中、水の中、って様子でしたよ」

と笑って、「この店のオーナーの増田《ますだ》といいます」

「よろしく」

爽香はごく自然に微笑んでいた。「とてもいい雰囲気のお店ですね」

「よろしければ、ごひいきに」

増田というオーナーは、客が煩《わずらわ》しくなるほど愛想良さを押し付けて来ないし、といって変に「頑固者」を看板にする一部の通好みの店のオーナーとも違っていた。

増田がコーヒー豆を挽《ひ》くと、店の中にコーヒーの香りが立ちこめる。見ていても、コーヒーの淹《い》れ方はていねいで、しかし手早い。

「――お待たせしました」

コーヒーカップがふしぎな色合をしている。

ただ白いのではなく、真珠のような光沢があるのだ。

「きれいなカップ。――ご自分で捜して来られるんですか？」

「ええ、もちろん。同じカップは二、三客しかありませんよ」

「じゃ、客を見て選ばれるんですか」

「はい。杉原さんのことを麻生さんから伺っていたので、おみえになる前から、絶対にこれだ、と決めていました」

「すてきだわ、本当に」

爽香はブラックのまま一口飲んで、「――おいしい。水も選んでおられるんですね」

「一応はこだわっています。――ありがとうございました」

一人、前からいた客が席を立つ。

増田は、もちろんレジも一人でこなしているのだ。

爽香は、〈レインボー・ハウス〉の現場から社へ戻る途中、ここへ寄ったのである。もちろん、あまり長く腰を落ちつけているわけにはいかない。

店の名は〈ラ・ボエーム〉。――あまり珍しいとは言えない名だ。

「プッチーニのオペラですか？　それともアズナヴール？」

と、爽香は訊いた。

プッチーニに有名なオペラ「ラ・ボエーム」があり、またシャンソン歌手のシャルル・アズナヴールにも同じタイトルの歌がある。

「両方ですね」

と、増田はカウンターの中から答えた。「どっちも好きで、よく聞きます」

ボヘミアンたち、という意味のタイトル。――芸術家を自認し、貧しさの中でも、いつか「傑作」を作り出すことを夢見ている若者たち。

根なし草のようでありながら、ひたすら恋と芸術に生きる。それは誰もが経験する「青春」の儚さ、苦さでもある。

「――ありがとう。おいしかった」

コーヒーを飲み終えて、爽香は息をついた。

「また、いつでもおいで下さい」

爽香は支払いをすませると、

「こういう店があると思うと、それだけで気持が楽になりますね」

と言った。「じゃ、また」

「ありがとうございました」

という声を背に、爽香は〈ラ・ボエーム〉を出た。


エレベーターを降りると、ひんやりとした空気がエリを包んだ。

エリは一瞬軽く身震いした。その冷たさは「死」の冷たさのように感じられた。

むろん、単に「気のせい」なのだろうが。

〈霊安室〉の前に、五十嵐が立っていた。

「エリさん」

「お父さんは？」

「中においでです」

「一人で？」

「しばらく一人にしてくれとおっしゃって……。エリさんなら大丈夫ですよ」

エリは、しかし霊安室の入口でためらった。

「怖いわ」

「会長をお呼びしましょうか？」

「いえ、いいわ。——お兄さんの遺体なんだものね。怖がることなんかないんだわ」

エリは、深く息をついて、中へ入った。「——お父さん」

エリは、棺《ひつぎ》を前に、じっと身じろぎもせずに座っている父の後ろ姿へ声をかけた。

色部貞吉は、返事をしなかった。

「お父さん」

と、もう一度声をかける。

「エリ。——一人か」

と、色部は言った。

「うん」

エリは父のそばに立った。「お母さん、来ないって」

「そうか」

「見たくないんでしょ。お兄さんの……ひどい姿なんか」

「痛かったろうな」

エリは、父がこんな言葉を口にするのを、初めて聞いたような気がした。

父、色部貞吉は経営者として、非情な存在だった。むだな部門と思えば容赦なく切って捨てた。

その生き方は、家族に対しても同様だった。

エリは十八歳になる今まで、父が自分のことを心配してくれるのを聞いたことがない。

「頑張れ」とか、「しっかりしろ」とは言ってくれるが、

「大変だな」

と、ねぎらってはくれない。

生きていれば、「大変」なのは当り前のことなのだ。当り前のことに同情はしないのである。

「誰がやったの?」

「分らん。——警察の者が誰か来ると言ってたが。五十嵐は外にいるか」

「ええ」

「警察が持って行くそうだ。それで健治を殺したのが誰か、分ればいいが」

「絶対に」

と、エリは強い口調で言った。「絶対に、犯人に仕返ししてやらなきゃ」

色部は顔をエリの方へ向けた。ちょっと意外そうな表情だった。

「お前……。健治とあんなに喧嘩ばかりしていたのにな」

「それとは別よ」

「そうか」

色部の目には、こんなときなのに、娘の反応を面白がっている気配が見てとれた。「——俺もそう思う」

と、色部は視線を息子の死体へと戻すと、

「犯人には、この手で仕返ししてやりたい」

「うん」

「警察なんか当てにならん。俺の手で、犯人を捜し出してやる」

「私も手伝うわ」

正直、エリ自身、自分の言葉に当惑していた。

父の言った通り、兄、健治とは決して仲が良かったわけではない。喧嘩は、世間に普通にある兄妹喧嘩のレベルだったが、お互い、からかったり、怒ったりするのはいつものことだった。

エリは、こうして兄の遺体を目の前にするまでは、自分がこれほどのショックを受けると思っていなかった。

健治が、もし病死や事故死だったら、ここまで気持がたかぶってはいなかっただろう。兄が殺された。――その衝撃は大きかった。

「よし」

色部はエリの手を握った。「約束しような。健治の敵《かたき》を討つまでは、決して諦めないと」

「約束するわ。絶対に諦めない」

健治がもし生きて聞いていたら、きっと妹をからかっただろう……。

〈霊安室〉の前で、五十嵐は手持ちぶさたにしていた。

色々やらねばならないことはある。しかし、エリと色部貞吉を置いて、この場を離れることはできない。

五十嵐が、廊下に置かれた長椅子に腰をかけていると、エレベーターの扉の開く音が聞こえた。連絡のあった警察だろうか。

しかし、やって来たのは若い娘だった。

十代か、せいぜい二十歳だろう。——一瞬、息を吞むほど美しい娘だ。

ジーンズをはいた、スラリと伸びた長い足。

長い髪が肩にかかっている。

「あの……」

と、娘は言った。

「何か？」

五十嵐は立ち上った。

「健治さんに会いたいの」

と、娘はじっと五十嵐を見つめて言った。

「君は……誰？」

「私——美佳《みか》」

「美佳……ね」

「葉山《はやま》美佳」

「色部健治さんに会いたいんだね？」

「ええ。ここだって聞いて」

「確かに、この〈霊安室〉の中だけど——。君は、健治さんとどういう……」

「私は健治さんの恋人よ」

と、美佳と名のった娘は、ちょっと胸を張って言った。

「そうか。しかし、今は……」

「いけないの？」

「健治さんのお父さんと妹さんが中にいる。君のことは知らないんだろう」

「でも、本当よ。健治さんの恋人は私だけだわ」

「君はそう言っても――」

と、五十嵐が言いかけたとき、エレベーターの扉の開く音がした。「君――どこかへ隠れて」

五十嵐はとっさに言った。

「どうして？」

「たぶん警察だ」

そう聞くと、美佳はためらわなかった。急いで廊下の奥へと駆けて行く。

ほとんど同時に、背広姿の男が二人、現われた。

「――警察の方ですね」

と、五十嵐は声をかけた。

「S署の西川です。これは武居」

と、年長の刑事が言った。「色部さん？」

「私は色部会長の秘書をしている五十嵐と申します。会長はこの中に」

「そうですか。今、お話ししても？」

「お呼びしましょう」

「よろしく」

五十嵐は、あの美佳という娘が姿を隠した方へチラッと目をやった。廊下を少し行くと曲り角がある。あそこを曲って行ったのだろう。

「少々お待ち下さい」

五十嵐は〈霊安室〉の中へ入って行った。

6　目撃

「もしもし、明男？」

爽香はケータイを手に、騒がしい宴会場から出た。

「ああ、どうした？」

「ごめん。パーティの主賓が遅れてね。今、やっと始まったの」

と、少し声をひそめて、「できるだけ早く出るけど、三十分くらいはかかると思う」

「それくらいなら、ラウンジで待ってるよ」

明男は、もうこのホテルのロビーへ来ているのだった。

「じゃ、そうしてくれる？　お腹空いたら何か先に食べてて」

「いや、昼が少し遅かったんだ」

と、明男は言った。「じゃ、後で」

「ごめんね」

爽香は通話を切ると、パーティ会場へと戻って行った。

スピーチの最中だった。——七十を遥《はる》かに過ぎた「社長」の話は至って退屈で長かった。初めの内、黙って聞いていた客たちも、同じような話が何度もくり返されると、小声でおしゃべりを始めた。

「——暴走族だった」

という言葉が、爽香の注意を引いた。

「何しろ、一千万もするオートバイに乗ってたってさ」

「大学生だろ？　信じられないな！」

「しっ。おい、色部さんの前でそんな話はするなよ」

「分ってるよ」

話が途切れる。

爽香は、重い足どりで会場へ入って来る男へ目をやった。

色部貞吉だ。〈S工業グループ〉の会長。

爽香は直接関係ないが、〈G興産〉としては、そのグループ内のいくつかの企業と取引きがあった。

しかし、田端がいつだったか、

「少しでも不採算部門があると、すぐに切っちまうんだ。それで自分たちの身は守れても、対外的な契約があるだろ。あの会長はそんなこと気にもしない」

と、こぼしていたことがある。

「やあ、杉原君じゃないか」

と、声をかけて来たのは、リゾート開発を手がけている企業のオーナー社長。

「どうも」

「例のマンション、順調なようじゃないか。良かったね」

「おかげさまで」

「俺の方はさっぱりだ。見てくれよ、この髪を」

と、大げさに嘆いているが、確かに五十そこそこで、髪はこの三、四年で真白になっていた。

「落ちついて見えて、すてきですよ」

「おい、それは皮肉にしか聞こえないぞ」

と、その社長は苦笑した。「――色部さんだ。急に老けたな」

「そうですね。私もさっきそう思いましたけど。どうかなさったんですか」

「息子が死んだのさ」

「まあ」

「大学生だった。だけど、実際は暴走族をやってたらしいって評判だ」

「じゃ、オートバイで……」

「うん。大けがをして病院にかつぎ込まれたらしいが、助からなかった。たぶん二つのグループの抗争だろうって話だ」

爽香は、綾香が出くわした事件のことを考えていた。もしかすると——。

「それ、ごく最近のことですか？」

と、爽香は訊いた。

「ああ、まだ一週間たってないんじゃないかな」

「新聞で見たかしら？　記憶がありませんけど……」

「いや、それがね」

と、その社長は声をひそめて、「いくら警察が暴走族同士の争いだと話しても、色部さんは、『息子は絶対に暴走族などではない！』と言って、譲らないんだって。あの人らしいだろ」

爽香は、誰か知人と話をしている色部貞吉の方へ、じっと目を向けていた。

やっとスピーチが終って、場内はホッと安堵の拍手に包まれた……。

明男は、ロビーがよく見える席を選んでラウンジに腰を落ちつけた。

「コーヒーを」

と頼んで、手帳を取り出す。

仕事用の手帳で、明日の配達予定が記入してある。どこをどう回ったら能率よく行くか、頭の中で地図を描いてみるのだ。

もちろん、距離だけでは計算できない。時間によって、混雑する道がある。大きな工事でもあれば、すぐに三、四十分余分にかかる。

経験上、まめに情報を聞くことで、明男はあまりむだなく回ることができる。そういうプランを頭の中で組み立てるのが楽しくもあった。

——お腹がグーッと鳴った。

本当は、昼食を早目にとったのでお腹が空いているのだが、爽香を待つことにしたのだから、少し我慢しよう。

外食がふえるのは、あまり体に良くないだろうが、食事の内容には気をつかっている。

それに、爽香とゆっくり話ができるのは、食事のときくらいなのだ。

爽香の忙しさを見ていると心配になるが、爽香自身が一番良く分っているだろう。

休みの日には、できるだけ起こさずに寝かせておいてやることにしている。しかし、爽香は何か予定が入っている方が元気になるようでもあった……。

この〈レインボー・ハウス〉のオープンと入居が一段落したら、二人で温泉にでも行こうと話していたが、実現できるかどうか。

仕事だけではない。兄、充夫の家の問題まで抱え込んでいる爽香には、予定外の用事が突発的に降りかかって来る。

そればかりは、明男にもどうすることもできないのだ。

そういえば、この間の綾香の出くわした事件はどうなったのだろう？

「――杉原さん」

初め、その声はずいぶん遠くに聞こえて、明男は自分が呼ばれているのだと思わなかった。

「明男さん。――明男さん、私よ」

「え？」

初めて顔を上げると、明るい笑顔が明男を見下ろしていた。

「君……」

「忘れた？」

「いや、忘れやしないが……。三宅舞《みやけまい》君だね？　大人になったね」

「どうも」

と、笑って、「お一人？」

「女房を待ってる」

「そう。――じゃ、少しだけならいい？」

と、向いの席に座る。

「君、もう帰ってたの」

明男の配送の上客だった三宅という家の娘。――彼女につきまとう男を巡って、事件もあったが、女子大生だった舞は、明男に思いを寄せていた。

「ロンドン留学？　ええ、去年帰ったの」

「そうか」

「連絡したかったけど……。迷惑かと思ってためらってる内に、こっちの大学で働くようになってね」

舞は少し早口に言って、「――変りない？」

と訊いた。


明男と三宅舞が再会していた同じラウンジに入って来たのは、色部貞吉の秘書、五十嵐だった。

そのまま真直ぐに奥のテーブルへと急ぐ。そのテーブルに先についていたのは、葉山美佳だった。

「やあ」

五十嵐は、ちょっとびっくりしたように、「見違えたよ」

と言った。

「私だって、場所柄はわきまえてるわ」

と、美佳は言った。

今日の美佳は淡い色のワンピースだった。

「今、会長はパーティに出てる」

五十嵐はコーヒーを頼んで、「やっと告別式はあさってと決ったよ」

「そう」

美佳は肯いた。

「しかし、君は一般の会葬者として来てもらわないとね。分ってくれよ」

「私、どうでもいいわ」

美佳は肩をすくめた。五十嵐は当惑したように、

「しかし――あんなにこだわってたじゃないか」

「あのときはね。でも、今はもう、どうでもいいの」

「どうして気持が変ったんだ?」

五十嵐の問いに、美佳はすぐには答えず、

「犯人は分った?」

と訊いた。

「今のところ、手掛りはないらしい」

五十嵐は、少し間を置いて、「――なあ、美佳君。君はその場に居合せたわけだろ? 犯

人を見ていないのかい？」

「夜中よ。しかも突然のことですもの。誰がどうなったのか、さっぱり分らなかった」

「それにしても……。警察にどう言われようと、会長は息子さんが暴走族のリーダーだったと認めないんだ」

美佳は微笑んで、

「分るわ。――健治さんの話してた父親のイメージとぴったりね」

「しかし、警察も困ってる。捜査が一向に進まなくてね。君から何か手掛りが――」

「私のこと、話してないわよね」

と、美佳は身をのり出すようにして言った。

「ああ、もちろんさ」

「――ごめんなさい。あなたは私によくしてくれたわ」

「これからどうなるかな」

五十嵐は、ゆっくりとコーヒーを飲んだ。

「――五十嵐さん」

「何だい？」

「やっぱり私、色部貞吉さんに会いたい。何とかしてよ」

「しかしね――。君が会いに行けば、健治さんが暴走族だったと認めることになる。会わないよ」

「でもどうしても会いたいの。会わなきゃならないの」

「どうしてだい？」

「私が妊娠してるからよ」

五十嵐が凍りついた。それを見て、美佳はちょっと笑った。

「そんなに驚かなくてもいいでしょ」

「それは――」

「もちろん健治さんの子よ。調べてもらっても結構」

五十嵐は、少しの間、考え込んでいた。そして、

「分った」

と肯くと、「そういうことなら、ますます君がいきなり会長に会うのはうまくない。僕が先に話をして、それから会ってもらおう」

「本当ね？」

「もちろんさ」

五十嵐は、ゆっくりとコーヒーを飲んで、「僕を信じて、任せてくれ」

と言ったのだった……。

7　密　告

「待たせてごめん。——あら」

　爽香は、ラウンジに入って、明男のテーブルに見知った顔を見てびっくりした。

「お久しぶりです」

　三宅舞は立ち上って、「その節は本当にお世話になりました」

「いいえ。——まあ、見違えた。シックね」

　と言ってから、爽香はちょっと笑って、「もう死語かな」

「あのマンション、無事に完成されたそうで、おめでとうございます」

「色々大変だったけどね」

　と、爽香は言って、「これから食事なの。一緒にどう？」

「でも——お邪魔じゃありませんか？」

「ちっとも。留学先の話も聞きたいわ」

「じゃ、遠慮なく……」

「それじゃ、このホテルの中で食べましょ。明男もお腹空いてるでしょ」

「俺はそれほどでも……」

「分るわよ。今にも倒れそう、って顔してるわ」

それを聞いて、三宅舞は笑ってしまった。

——三人はホテルの中の中華料理の店に入った。

確かに明男はひどくお腹が空いていた。倒れそう、というところまではいっていなかったが。

舞は、英国での留学の思い出を、あれこれ話して聞かせた。

爽香は、三宅舞がかつて明男に想いを寄せていたことを知っている。いや、今もおそらく、忘れられたわけではないだろう。

それは、話している間、ほとんど視線が爽香の方を向いていることを見ても分る。あえて明男を見ないようにしているのは、明男を見る目で、爽香に気持を悟られるのを避けているからだろう。

もちろん爽香にとって、それ自体は面白くないことだが——特に、舞が知的に、ますます美しくなったのを見れば——他人の心の中まで、爽香にはどうすることもできない。

彼女が明男に近付くのを妨げるよりも、むしろこうして爽香もまた舞に好感を持っていることを示した方が、舞の想いにブレーキをかける、と思っているのだ。

それでも、爽香が舞に好意を抱いているのは事実で、これから舞は「恋よりずっと仕事の方が大切」という時期に入って行くだろうと思っていた……。

食事が済んで、支払うときにも、舞はあえて自分の分を払うとは言わず、爽香が払うに任せて、

「ごちそうになってすみません」

と、出てから礼を言った。

「いいえ。また何かあったら、いつでも相談に来てね」

と、爽香は微笑んだ。

明男と二人、駐車場へと下りながら、

「ちゃんと、ケータイの番号、聞いといた?」

「何で?」

「あの子、まだこれから色々私たちと係って来そうだから」

「そうか?」

「私、そういう勘は当るのよ」

と、爽香は明男の腕に腕を絡めて、「でも、浮気しちゃだめだよ」

「馬鹿言え」

と、明男は笑った。

もちろん、明男は舞のケータイ番号も知っている。そしてそのことを、爽香も承知なのだ。しょうがないよね、と爽香は思った。うちの旦那が魅力的過ぎるんだから……。

——帰りは明男の運転である。

麻生はパーティに間に合うように送って来てもらって、そこで帰した。妊娠中の奥さんの代りに、娘の果林を迎えに行くと喜んでいた……。

助手席に座った爽香は、少しするとウトウトしかけたが、ケータイの鳴る音で目を覚ました。

「お兄さんだ。——もしもし？」

「爽香、もう家か」

「まだ帰りの車の中。何なの？」

「うん、忙しいときに悪いんだけど、ちょっと会って話したいことがあるんだ。そうすぐにじゃなくてもいい」

いつもながら、電話ではペラペラとよくしゃべるし、調子がいい。

しかし、こういうときにはあんまりいい話でないことが多い。爽香は経験で分っていた。

「会社の帰りがいいの？　明日でも大丈夫だよ」

「そうか？　じゃ七時くらいってのは？」

「会社の近くにしてくれる？　戻らなきゃいけないから」

「ああ、そっちで決めてくれ」

爽香が場所を指定すると、充夫は、「——分った。綾香が色々世話かけて、すまないな」

「謝るなら、お兄さんが綾香ちゃんに謝ってよ。私はいいから」

「分ってる。しかし、今はずいぶん落ちついて来たよ」

「大人になったのよ。でも傷ついてるんだから。気をつかってあげて」

「うん、分ってる」

と、くり返すものの、果してどこまで分っていることやら。

じゃ、明日、と通話を切って、

「——また何かもめごとの種、持ち込んで来るんでなきゃいいけど……」

と、爽香は呟いた。

「余計なことをしょい込むなよ」

と、明男は言った。

「うん……」

眠気が覚めてしまった。ケータイがポロンと鳴って、充夫と話している間にメールが来ていたと知らせた。

「麻生君だわ」

さっきパーティで見かけた、色部貞吉についてのメールだった。

〈G興産〉の方へ、色部の息子、健治の告別式が明後日、という知らせが来ていたとのことだ。

「黒のスーツ、会社に置いてあるので大丈夫かな。少しきついのよね、お腹の辺り」

と、爽香は言った。

「葬式か？」

「それがね、綾香ちゃんの出くわした事件と係ってそうなの」

爽香が色部貞吉の息子のことを説明すると、

「ふーん。警察も困ってるだろうな」

「あんまり係りたくないけど、ともかく告別式には行かないと」

爽香は自分の手帳を出して、とりあえず明後日の予定欄の中に、〈色部健治告別式〉と書き入れた。


「まだ起きていたのか」

と、色部貞吉は居間へ入って言った。

妻の靖代がソファにじっと身じろぎもせずに座っていたのである。

「もう寝たらどうだ」

と、色部はいつも腰をおろす決った位置に身を落ちつかせた。

靖代が目だけを動かして夫を見ると、

「あなただって起きてるじゃありませんか」

と言った。

色部はちょっと当惑して妻の方を見た。

「俺はいつも遅い。分ってるじゃないか」

「私だって……夜ふかしすることはありますよ」

と、靖代は言った。

「もちろん、何時まで起きていても構わんさ。しかし、明日は健治の告別式の打合せに、五十嵐が午前中から来る。色々大変だぞ。寝ておいた方がいい」

靖代がキッとなって夫を見た。

「眠れると思う？　健治のことを考えたら、泣き明かしてしまうわ」

色部は、靖代がこんな口のきき方をするのを、初めて聞いた。

「――気持は分るさ。俺だって辛い。しかし、告別式で、あまり疲れ切った様子を見せたくはない」

と言ってから、色部は改めて靖代を見つめた。「お前――老けたな」

靖代の髪が、半ば白くなっているのを見て、ちょっとびっくりした。

靖代は今四十五歳。色部より二十一も若い。大学を出たばかりで、もう四十を過ぎていた色部と結婚した。

「その髪……前からか」

「二、三年前から少し白くなってたわ。でもこの数日で、急に……」

「そうか。光の当り加減で白く見えるのかと思ってた」

「あなたは……何も感じない人なのね」

「そんなわけはあるまい」

と、色部は夕刊を広げた。「だが、俺には仕事がある。いつまでも泣いてばかりいられんのだ」

「泣いてばかり？　泣いたことなんかないじゃありませんか」

と、靖代は夫から目をそらした。「――あなた」

「何だ」

「あの女と別れて下さい」

色部は紙面から顔を上げて、

「――何の話だ」

「忘れてるんでしょ。あの子が死んだとき、あなたはあの女と一緒に飛行機に乗っていたわ」

「それがどうした」

「恥ずかしくないの？　息子が苦しんでいるときに、あんな女と……」

「おい。健治が死んだのは、結のせいじゃない。偶然あれといただけのことじゃないか」

「あなたが次々に女を作って、ろくに家に帰っても来なかったころ、健治は一番感じやすい年ごろだったのよ」

　と、靖代は夫をじっとにらんで、「あの子が暴走族に入ったのも、父親の生き方に呆れていたからかもしれないでしょ」

　色部の目つきが険しくなった。

「あいつは暴走族なんかじゃない！」

「でも警察は――」

「警察なんかあてになるもんか」

　と、色部は遮《さえぎ》って、「現に、犯人の手掛り一つ見付けとらん」

「あなた。何でも自分の思い通りになると思ったら大間違いよ。過去まで自分の好きにはできないわ」

「何とでも言え」

　色部は夕刊へ視線を戻した。

「――あの女と別れて」

　靖代の言葉に、色部は何の反応も見せなかった。

靖代は立ち上ると、足早に居間を出て行った。

夫婦の寝室は全く別で、色部は一階の奥、靖代は二階である。広い屋敷のせいもあり、二人は何日も顔を合さないこともあった。

色部は夕刊を投げ出した。

泣きたい気持は、色部にもある。しかし、それを「復讐」へ向けて燃やしているのだ。

そのとき、ケータイが鳴った。

以前は面倒で持っていなかったのだが、久保田結と会うようになって、持つことにしたのだ。

ポケットから取り出す。

「誰だ？」

〈公衆電話〉から、という表示があった。

「――はい」

この番号を知っている人間は少ないはずだ。

「色部貞吉さんですね」

低く押し殺した声。

「誰だね」

「息子さんのことでお知らせします」

男か女かもよく分らない声だ。

「何のことだ」

「息子さんを殺したのは、緑川邦夫《みどりかわくにお》という男です」

「何だって？　待ってくれ。——字は？」

色部は急いで新聞の端にメモした。

「緑川は〈レックス〉というグループのリーダーです」

「〈レックス〉？」

「暴走族です。お知らせは以上です」

「待ってくれ。あんたは誰だね？　礼をさせて——」

通話は切れた。

色部は新聞紙のその部分を破り取った。

もちろん、本当のことかどうかは分らないが、色部のケータイ番号を知っていたのはふしぎである。

色部は、しばらくそのメモを見ていたが、やがて立ち上って居間を出て行った……。

8 火花

「悪いわね、もう遅いのに」

と、栗崎英子が言った。

「いいえ。大して違いませんよ、〈Pハウス〉に寄ったところで」

ハンドルを握っているのは麻生である。

「果林ちゃんも、さすがにくたびれたみたいね」

後ろの座席で、果林は英子の膝を枕に、ぐっすりと眠り込んでいた。

今、二人の出ているTVドラマの収録が夜遅くまでかかってしまったのだ。

麻生は少しスピードを出していた。夜中で、道も空いている。

「本当にね」

と、英子は苦々しげに、「今の若いタレントと来たら！　自分のセリフも憶《おぼ》えて来ないんだから」

英子や果林と同じシーンに出ていたアイドル系の男の子が、ほとんどセリフを憶えていなかったのである。

「TVだからいいでしょ」

と、当人は平然と言ったものだ。

前に出たドラマで、セリフひと言ずつ、アップで細切れにして収録したらしい。だから、セリフは全く憶えていなくても、その都度一つずつ言えばすむわけで、それでも言えないときは、スタッフが大きな紙に書いてカメラの脇に出したのを読んだ。

さすがにスタッフもうんざりしているのを隠そうともしなかったが、当人は、

「明日コンサートだから、早く終らせようよ」

などと、みんなを「励ました」ものだ。

しかし、手間がかかって結局収録は夜中近くまで延びてしまった。

果林を迎えに行っていた麻生は、英子を送って行くことにしたのである。英子のマネージャーの山本《やまもと》しのぶは体調を崩して入院していた。

「もう十分もあれば着きますね」

と、麻生は言った。

交差点へ差しかかる。——信号は青だったので、麻生はスピードを落とさずに突っ切ろうとした。

その瞬間、真横からオートバイが一台飛び出して来た。

麻生は急ブレーキを踏んだが、ハンドルはわずかに切っただけだった。大きく切れば車が横転する、ととっさに判断したのだ。

車のボディにオートバイがぶつかって火花が飛んだ。

タイヤが悲鳴のような音をたてて、車は停った。

「——大丈夫ですか！」

麻生は振り返った。

「ええ、こっちは」

英子は、さすがに目を覚ました果林をしっかり抱きしめていた。

「待ってて下さい」

シートベルトを外し、麻生は車を降りた。

オートバイが路面に転倒している。革ジャンパーの男が立ち上ったところだった。

「けがは？」

と、麻生が駆け寄る。

「殺す気か！」

と、相手が怒鳴った。「わざとやりやがったな！」

「何だって？　そっちが赤信号を無視して突っ込んで来たじゃないか」

「でたらめ言うな。信号は青だったぜ」

「そうじゃない。分ってるだろ。ともかく救急車を呼ぶから――」

「おい、信号は青だったよな!」

と、男が麻生の肩越しに呼びかけた。

麻生は車の方を振り向いて、青ざめた。

車を、十台近いオートバイが取り囲んでいる。

「ああ、みんな見てたぜ。信号は青だった」

「――どうだ?」

車が通りかかるのを待って、わざと突っ込んで来たのだ。

「君たちは何だ」

と、麻生は言った。「警察へ行こう。話をつけようじゃないか」

「警察? そんな必要はないぜ。金で済ませてやる。こんな事件がニュースになると困るだろ、名子役としちゃ」

果林のことを知っていて狙って来たのだ。

麻生は、車の中で英子に抱かれている果林を見た。

「さあ、どうする? 金で話をつけてやると言ってるんだ。いやなら、車がどうなっても知らないぞ」

「何だと?」

車を囲んでいた一人が、バットを振り上げて車のフロントガラスへ打ち下ろした。白いひびがクモの巣のように広がる。

「やめろ!」

と、麻生は叫んだ。

「金を持って来い。そうすりゃ傷一つつけずにいてやる」

と、男は言った。

そのとき——奇跡のようなことが起った。

巡回中のパトカーが通りかかったのだ。

「おい、まずいぞ!」

と、声が飛んだ。

相手の男は舌打ちすると、

「これじゃ済ませねえぞ!」

と言い捨て、オートバイにまたがった。

爆音をたてて、オートバイは一斉に走り去った。

「果林!」

麻生は車へと駆け戻った。

「そんなことがあったの？」

爽香は仕事の手を止めて、「栗崎さんも居合せたの？」

「ええ。でも、二人とも無事で。――冷汗かきましたよ」

と、麻生は言った。

「ゆうべ知らせてくれればいいのに」

「すみません。でも夜中でしたし……」

「何事もなくて良かったわね」

爽香もホッとしていた。「でも、果林ちゃんのことを知っていたなんて……」

「よく気を付けるように、スタッフの人たちへ話してあります」

と、麻生は言った。「ただ――寿美代には、今、あまり心配かけたくないので……」

「分るわ」

爽香が肯く。「でもやっぱり話しておいた方が――。私から話す？」

「いえ、そんなこと……」

「栗崎さんから話していただきましょ。それが一番。お願いしておくわ」

「よろしくお願いします」

麻生も本当はそう思っていたのだろう。しかし、爽香には言いにくかったのだ。

「――チーフ」

と、若い女性のスタッフが爽香の所へやって来た。

「何？」

「今、受付にお客様が」

「お客？　予定なかったけど……」

「女の方です、若い。何だか――お兄様のことでご用とか……」

「兄のこと？」

爽香は、いささか気が重かった。「分ったわ。応接室、空いてる？」

「はい。じゃ、お通ししておきます」

「お願い」

爽香は、ちょっとため息をつくと、「そうだ。明日の色部さんの息子さんの告別式にお花を」

「手配します」

と、麻生は席へ戻って行った。

充夫のことで、若い女性が？

爽香は、覚悟を決めて立ち上ると、

「十五分――二十分くらいで戻るわ」

と、近くの席のスタッフへ言って、「私、ちゃんとしてる？」

「ええ」

「髪の毛、寝ぐせついてない？」

「大丈夫ですよ」

「ありがとう」

爽香は思い切って応接室へと向った。

ドアを開けると、真直ぐな視線が爽香に向けられた。

「お待たせして」

と、爽香はソファにかけると、「杉原です。兄のことで、何か……」

「柳井彩代《やないさよ》と申します」
二十四、五だろうか。童顔で若く見えるが、その目にはしっかりとした意志の力が感じられる。
名刺を出して、

「お兄様と同じ部署におります」

と、爽香の前に置く。

「そうですか」

「爽香さん——とおっしゃるんですね」

「ええ」

「いつも、お兄様が話してらっしゃいます。『うちじゃ、爽香が親父より怖いんだ』って」

「勝手なこと言って」

と、爽香は苦笑した。

柳井彩代を一目見て、爽香は「兄の好みのタイプ」と思った。可愛いし、華やかな印象がある。

しかし、その話し方には、兄と特別な仲にあるような、気後れしたところがない。

若いスタッフがお茶を持って来てくれた。

「いただきます」

柳井彩代は、ためらわずお茶を飲んだ。

「それで——兄のことで、どんなご用でしょう?」

と、爽香もお茶を飲んで言った。

「あの……ちょっと申し上げにくいことなんですが」

やっぱり、「私、お兄様を愛してるんです!」と来るのかな。いい加減にしてほしいわ!

「何でもおっしゃって」

と、爽香は自分をできるだけリラックスさせながら言った。「兄については、たいていのことには驚きません」

「お兄様はいい方です。職場でも、みんなに好かれていますし、気さくで、面倒見が良くて……。お兄様のファンの女性社員も少なくありません」

「恐れ入ります」

「そのお兄様のことを、こんな風には言いたくないんですけど……」

「というと?」

少し間を置いて、柳井彩代は背筋を真直ぐに伸すと、

「お兄様は会社のお金を個人的なことにつかっておられるんです」

と言った。

「は……」

「気付いているのは私だけだと思います。今なら、まだその損を埋めて、何もなかったことにできると思うんです」

爽香は、しばし柳井彩代を見つめていた。

「兄がそんなことをするはずはありません」と言えないのが辛いところ。

「あの——兄にはそのことを?」

「いいえ。色々考えたんですけど、爽香さんにお話するのが一番いいと思いまして」

「そうですか……」

爽香は、柳井彩代の視線を受け止めながら、どう答えたものか、迷っていた。

「柳井彩代?」

と、爽香は訊き返した。

「うん、困ってるんだ」

と、充夫が言って、コーヒーを飲むと、「今回は俺が悪いんじゃないぜ。本当だ」

「その——柳井彩代って子がどうしたの？」

「俺に惚れてさ。——いや、俺は本当に手なんか出してない。誓うよ」

「それで？」

「まあ、お前には隠しても仕方ない。これまで、何人かの女の子と付合って来た。でも、今度ばかりは……。この子に関しては、全く無実だ」

「だから何なの？」

「言い寄って来るのをはねつけた」

と、充夫は言った。「だけど、そのせいで、すっかり恨まれちゃってさ」

「そりゃそうでしょうね」

「俺が会社の金を使い込んだって言い出したんだ。——彼女は出張旅費や交通費の支出を担当してて、ある程度のお金が自由になる。それで、俺が伝票の数字をいじって、金を自分のものにしてる、と……」

爽香はまじまじと兄を見つめて、

「本当はどうなの？」

「冗談じゃない！　そんなことしたら、今の仕事も棒に振るじゃないか。そんな馬鹿な真似しないよ」

「——で、彼女は？」

「証拠を握ってる、って言うんだ。それで、上司に報告する、と……。彼女、上司には可愛がられてるし、俺より信用もある。もし、そんなことを上に報告されたら終りだよ」

と、充夫は首を振って、「なあ、いつもお前にばっかり迷惑かけて申しわけないとは思ってる。だけど、俺が説得しても聞きゃしないんだ」

「どうしろって言うの？」

「柳井彩代に会って、言って聞かせてやってくれないか。そんな馬鹿なことやめろ、って。そんなことすりゃ、彼女だってただじゃ済まない」

爽香は、さすがにしばし言葉を失って、時間稼ぎに、わざとゆっくりコーヒーを飲んだのだった……。

9　乱　入

背景に複雑な事情を持った「死」の場合、告別式の空気も複雑なものになる。

色部健治の告別式も、都内の大きな斎場で行われたが、それは正に「盛大」としか言いようのないものだった。

しかし、当然のことながら訪れる人の九割以上は、直接色部健治のことを知らない。父親の色部貞吉と仕事の上で係りのある会社の人々である。

大勢の人々がやって来るほど、その華やかさは空しく人の目に映っただろう……。

「来たのか」

社長の田端将夫と、爽香は斎場の門を入ったところでバッタリ出会った。

「社長。今おいでですか」

と、爽香は言った。

「うん。——君は色部さんとあまり関係なかっただろ」

と、受付の方へ歩きながら言った。

「ええ。ただ、亡くなった息子さんのことで、ちょっと……」

「へえ。君も顔が広いな」

と、田端は面白がっている。

爽香としては、色部健治の死が、姪の綾香が係った暴走族同士の争いによるものかもしれないと思ってやって来たのだが、そこまで田端に説明したくなかった。

二人が記帳して、香典を置いて式場の中へ入ろうとすると、

「〈G興産〉の田端社長でいらっしゃいますね」

と、傍に立っていた黒いスーツの男性が素早く寄って来て、「色部貞吉の秘書の五十嵐と申します」

「どうも」

「お忙しい中、ありがとうございます。お席を用意してございますので」

「恐縮です」

いかにも有能な秘書という雰囲気の男性である。

「これは〈レインボー・プロジェクト〉の杉原です」

「ああ。お噂は伺っています」

と、五十嵐は会釈して、「どうぞ中へ」

爽香としては、田端と一緒には入りたくなかったのだが、成り行き上、仕方ない。

五十嵐が先に立って案内しようとしたとき、

「五十嵐さん！」

と、受付にいた女性の一人が駆けて来た。

「どうした？」

「結さんが――」

「何だって？」

「久保田結さんが来たんです。奥様から、今日は顔を出すなときつく言づけてあったんですけど」

「そうか。――失礼しました」

五十嵐は田端の方へ、「すぐ戻りますので」

「いや、適当に座りますよ」

「では二列目のカバーのかかった席へどうぞ」

五十嵐は、受付の方へ小走りに立ち去った。

「――大変そうですね」

と、爽香は五十嵐を見送って、「社長、行かれて下さい。私は一般の方と一緒に」

「だめだよ。一緒に来てくれ」

「でも――」

「何かあればよく見えるぞ」

と、田端は小声で言った。「久保田結は色部会長の愛人だ」

爽香は、ちょっと顔をしかめて、

「私、そういう週刊誌的な興味は持ち合せてないんです」

と言ったが、「――でも、どうしても、とおっしゃるなら……」

結局、そんなことも嫌いでない爽香だった……。

――まだ読経の続いている中、二人は席に着いた。

爽香の席から、遺族席の色部貞吉がよく見えた。ほとんど無表情に、じっと前を見つめている。

隣は夫人だろう。やはり無表情ではあるが、夫とは違って、どこか今にも爆発しそうな雰囲気を感じさせる。

眉間に険しさがあり、それは爽香の目にもよく分った。

その隣は色部の娘――健治の妹だろう。

爽香は麻生から色部家についての資料を見せられていた。妹は確かエリといって、十八歳の大学生だ。

正面へ目をやると、大きな色部健治の遺影が花に囲まれて笑っている。ちょっと皮肉っぽく人々を見下ろしているような笑顔である。

焼香が始まった。

もちろん、初めは遺族。——遠縁の親族まで含めると、結構な人数である。

そして、爽香たちの座っている席の前の列から、焼香に並び始めた。

一列目が並んで、次に田端が促されて立ち上る。——そのときだった。

黒いスーツの女性が一人、中央の通路を足早に進んで来ると、田端の前に並んだ。

田端がチラッと爽香を見て、その視線で爽香にも分った。——久保田結なのだ。

爽香が想像していたよりも、平凡な印象の女性である。二十六、七と聞いていたが、若く見える。

周囲には、わずかなどよめきが起ったが、それはよほど気を付けていなければそれと知れない程度のものだった。

久保田結自身は、周囲の視線など全く感じていない様子で、静かに前へ進んで、焼香した。

爽香の目にも、その態度はごく自然だった。

あえて周囲を無視しているわけでも、身構えているわけでもない。

一旦焼香が始まると、人々は次々に遺族の前を通って行く。——五十嵐が久保田結を通したのも、その流れの中で、無事にことが運ぶと思ったからだろう。

しかし、そうはいかなかった。

久保田結が、遺族席に向って一礼し、そのまま出口へ向おうとしたとき、色部の妻、靖代が立ち上ったのである。

そして、久保田結の行手を遮るようにして、

「来るなと言ったでしょう！」

と、式場内に響き渡る声で言った。

「靖代」

色部貞吉が低い声で言った。

しかし、靖代は夫の声など耳に入らない様子で、

「あんたのような女に、健治の告別式を汚されてたまるもんですか！」

結が当惑したように靖代を見ている。

「靖代。よさないか」

と、色部が脅すように言った。

焼香した人たちが、その出来事に前を遮られて立ち往生している。

すると、結が靖代から一歩離れて、

「申しわけありません」

と、頭を深く下げた。

その対応は、靖代にとっても意外なものだったらしい。

しかし、素直に謝られたことで、靖代は振り上げた拳を下ろす先を失ってしまった。

「靖代。座れ」

と、色部は厳しい口調で言った。「もう充分だろう」

「充分ですって！　とんでもない」

靖代が平手で結の頬を打った。

一瞬、その場が凍りついた。

しかし――思いもかけない場面がそれに続くことになった。

式場の入口に叫び声が上って、みんなが振り向いた。

爽香は目をみはった。爆音をたてて、大型のオートバイが式場の中へ走り込んで来たのだ。

一台ではない。二台、三台――。五台のオートバイが焼香客の列を突っ切って、正面までやって来た。

「何だ、お前らは！」

色部が立ち上ると、怒りで顔を真赤にして怒鳴った。「これは何の真似だ！」

爽香は反射的に久保田結と靖代の前に立ちはだかるようにして、そのオートバイの先頭にいた男と向い合っていた。

黒いレザージャケットのその男は、鋭い目つきで、

「俺たちは敬意を表しに来たんだ」

と、色部へ言った。「ライバル同士だったが、俺とあんたの息子は互いに認め合ってた」

「お前らのような奴と健治を一緒にされてたまるか！」

と、色部は言った。「出て行け！　叩き出されたいか」

「頑固な親父さんだな。心配するな。すぐ行くよ」

男たちは、ポケットから取り出した一輪の花を焼香台へと投げ出した。

「——邪魔したね」

と、その男は言った。「俺は〈レックス〉のリーダー、緑川邦夫だ」

その名前を聞いた色部が息を呑む。その気配を、爽香は敏感に感じ取った。

色部は、緑川邦夫という名を知っていたのだ。

オートバイは爆音を立てて次々に式場から出て行った。おそらく表でも、取材に来ている記者やカメラマンが大騒ぎしているだろう。

色部貞吉の息子の告別式というので、経済紙などが取材に来ている。一般紙はほとんどいないだろうが、珍しい出来事を見逃したわけだ。

真先に平静に戻ったのは、運営している葬儀社の人間で、

「どうぞ、ご焼香を」

と、客に呼びかけた。

爽香はそのタイミングを見て、久保田結を、

「ご一緒に」

と促して、素早く出口から外へと連れ出した。

色部の妻、靖代も今の出来事に驚いて、それを止める気にもならなかったようだ。

「――大丈夫ですか」

と、爽香は訊いた。

「ええ」

久保田結が肯いて、「ありがとうございました。――来ない方がいいと分ってはいたんですけど」

今の騒ぎで、あの五十嵐なども、結のことには全く注意を向けていない。

「今なら、誰も気が付きませんよ」

と、爽香は言った。

「はい。あの――あなたは?」

「色部さんと仕事でのお付合があるだけです。というより、社長について来ただけで」

結は急に爽香の手を両手で包むように持って、

「ありがとう!」

と、頭を下げた。

「さあ。行かれて下さい」

「はい。それでは」

結は、小走りに人々の中へ消えて行った。

爽香がそれを見送っていると、

「大変な告別式だな」

田端が出て来て言った。

「健治さんの死に何か関係あるのかもしれませんね」

「暴走族同士の争いだろうってことだったからな」

「でも、襲った当人なら、こんな所へやって来ないでしょう」

「そうだな」

と、田端は肯いて、「緑川とかいったか、あの男？」

「そんな名でしたね」

「なかなかやり手だな。ビジネスマンになってもうまくやれそうだ」

「引抜きますか？」

と、爽香は苦笑して、「私、いやですよ、あんな人、部下にするの」

「君はどうして俺の考えてることが分るんだ？」

「本気ですか？」

爽香は目をみはった。

「ま、三分の一くらい本気だ。帰るか」

爽香も、緑川という男のことは河村に訊いてみるつもりだった。もちろん、綾香の巻き込まれた事件に関連してだ。

「——あ、いけない」

「どうした?」

「私、まだご焼香してませんでした」

これぱかりは、社長がしたからいい、というわけにはいかない。

「社長、先に戻られて下さい。私はもう一度並びます」

正直なところ、田端と社へ戻るのも気が重かったのである。

また式場へ入って、焼香の列の後ろにつく。

もう人の流れはスムーズになって、次々に焼香した人たちが色部夫婦の前を通って出て行く。

表には、一般の焼香を待つ人々が列を作っていた。死んだ色部健治は大学生だったということだから、友人も来ているだろう。

爽香は焼香して、色部の前で黙礼してから、式場を出た。

今日は麻生が他の用で出かけているので、爽香も地下鉄で来ている。

駅の方へ歩き出すと、

「あの——」

と呼びかけられた。

振り向くと、久保田結が立っていた。

「何でしょう?」

「さっきはどうも」

と、結はおずおずと、「ちょっとお話ししたいんですけど。お時間は取らせません」

「私にですか」

「杉原さんですね、〈G興産〉の」

「そうですが……」

「さっき、あの斎場を出てから気が付いたんです。色部会長がよくあなたのことを話しておられて」

爽香は、こんがらがった人間関係に巻き込まれたくないのだが、といって、久保田結の頼みをむげに断ることもできなかった……。

10　当惑

「馬鹿ですね、私って」

と、久保田結は紅茶を飲みながら言った。

微笑みながらである。そう深刻そうな口調ではなかった。

とりあえず、手近なティールームへ入って向い合って座った。

爽香としては、早いところ会社へ戻りたいのだが、結はあまり急いでいる風でもなく、色部貞吉との出会いや、この間のヨーロッパ旅行のことなどをのんびり話していた。

そして、「馬鹿ですね」という言葉になったのである。

「色部さんの奥様が怒ってらっしゃるのは当り前なのに、そんなことも分らないなんて！」

と、結は言った。「私はただ、息子さんを亡くされて、あの人が本当にがっかりされているのが分ってたんで、せめて告別式だけでも、と思っただけなんです」

「分ります」

と、爽香は肯いて、「五十嵐さんは止めなかったんですか？」

「私がどうしてもと言ったので、仕方なく通してくれたんだと思います。それで五十嵐さんが責められたら気の毒だわ」

と、今初めて思い付いたようだ。

「大丈夫でしょう。あんなとんでもないことがあったんですもの」

「ああ、そうですね。――びっくりしたわ、あれ」

「亡くなった健治さんのことは……」

「それが……実は知っていました」

と、結はためらいがちに言った。

「というと――もしかして、色部貞吉さんはそのことを……」

「知りません。――でも、何も特別なことがあったわけじゃありません。一度、健治さんが私を見に来たことがあって」

「つまり、父親の『彼女』を一目見ようというわけですね」

「そうなんです」

と、結は肯いて、「会長さんはアメリカへ行っておられました。お昼休みに食事に出ると、入ったおそば屋さんで、同じテーブルについた人がいました。お昼で、混んでいるから相席になったのかと思っていたら、その人はじっとしばらく私の顔を眺めてから、『何だ。どうってことないじゃないか』と言ったんです」

「それが健治さん」

「ええ。私がどこといって取り柄のない、平凡な女なんで、拍子抜けしたと言ってました。一緒におそばを食べ、健治さんは『親父にはこのこと、黙っててくれよ』と言って帰りました……」

「それだけですか」

「それから二回ほど会いました。もちろんお茶を飲んだというだけです。健治さんには、恋人がいましたし」

爽香は、綾香から聞いた話の中に出て来た「ミカ」という娘のことだろう、と思った。

「一回だけ、健治さんが一緒に歩いて行くのを見たことがあります。スラッとして、凄い美人で……。あの人、どうしてるのかしら」

と、結はちょっと遠くを見る目つきになった。

「結さん。私、仕事の途中で抜けて来たので、社へ戻らないと……」

「すみません！」

結はハッとしたように、「お引き止めしてしまって」

「いいえ。でも、何かお話があると言っておいででしたね」

「はい、実は――」

と言いかけて、結は店の入口の方へ目をやり、「五十嵐さん……」

「ここにいたのか」

五十嵐は二人のテーブルの方へやって来ると、「杉原さん。あなたを捜していたんです」

「何かご用ですか」

「会長が、ぜひ直接お礼を申し上げたいとのことで」

「そんなこと――。私は何もしていません。それに、もう仕事に戻らないと。申しわけありませんが」

「なるほど。いや、それはそうですね。では、会長から改めて連絡を差し上げるようにいたします」

「どうぞお気づかいなく」

そのとき、五十嵐のケータイが鳴った。

「会長からです。――もしもし。――はい、今お話していたところですが」

五十嵐はチラッと店の外へ目をやって、

「分りました。伺ってみます」

と答えて切った。

「あの……」

「勝手な申し出で申しわけないんですが、今、この店の前に会長の車がいます。会社までお送りしますので」

「そんな必要は――」

「その間に、お話したいと言っておりまして」

強引さは、ワンマン経営者の特徴だろう。爽香も、どうせ一度は付合わされるのなら、と思った。

「分りました」

「ありがとうございます！　では、ここは私にお任せを」

爽香は久保田結を見た。

何か話したいことがあったはずだが、結は目を伏せたままだった。

「では、これで」

爽香は立ち上って、「ああ、一応名刺を差し上げておきますね」

と、名刺入れから一枚名刺を出し、結へ渡した。

「今後もよろしく」

と、爽香は営業用の笑顔を見せて、店を出た。

店を出ると、ギョッとするような、大きなリムジンが停っている。運転手が後部席のドアを開けてくれた。

「失礼します」

サロン風の向い合せの座席。

「——無理を言ってすまないね」

と、色部貞吉は言った。

「いえ……」

「君が杉原爽香君か」

「はい」

「君の評判はよく聞く。〈レインボー・ハウス〉を成功させたのは大したものだ」

「私一人の力では……」

「さっきは、結のことをかばってくれてありがとう」

「いえ、その場の成り行きです。考えがあってのことでは……」

「それができるのが偉い。人間、とっさの場合に本性が現われるものだ」

車は、いつの間にか走り出していた。それと気付かないほど滑らかな走りである。

「ちゃんと〈G興産〉の前まで送るよ」

と、色部は言った。

「恐れ入ります。でも、よろしいんですか。こんな所におられて」

色部は口元にちょっと笑みを浮かべて、

「私に文句を言う人間は、周りにはいないのでね」

と言った。

「それはそうですね」

「さっきは見苦しいところを見せたが、まあ家内が怒るのも無理はない。本当は私に怒ればいいのだが、それができないので、結の方へ向ったんだ」

「それはプライバシーの問題ですから」

「うん。——しかし、息子の死は、犯罪だ」

「承知しています」

「息子が暴走族に入っていたと言われても、信じたくなかった。しかし、さっきのようなことがあっては、認めざるを得ないね」

と、ため息をつく。

「犯人の手掛りは？」

「今のところ、これといったものはないようだ。しかし、さっきの緑川とかいう男は、事情を知っているかもしれない」

「警察が調べるでしょう」

「君は、警察に知り合いがいるそうだね」

「いえ……。今はもう辞めています」

「河村という元刑事だね」

爽香はちょっとびっくりして、

「どうしてご存知なんですか？」

「君のことは関心があってね、失礼ながら少し調べさせてもらった」

「なぜです？」

「警察は、あれこれ厄介な規則に縛られていて、動きが鈍い。君に、息子の死の真相を探ってもらえないかと思ってね」

「私がですか？」

「これまでも、いくつも事件に係って来たそうじゃないか」

「でも、私はただの会社員です。そんな余裕もありませんし」

爽香の言葉に、色部は、

「まあ、それはそうだ」

と肯いて、「いや、無理を言って悪かったな。忘れてくれ」

いやに簡単に諦めた。

却って、爽香は不安になる。

単に、色部としては久保田結のことで、爽香に礼が言いたかっただけなのか。そして、そのついでに息子の死についての話を持ち出してみたのだろうか。

――その後、色部は〈レインボー・ハウス〉について、あれこれと爽香に訊いて来るだけだった。

〈G興産〉の前でリムジンを降りると、

「ありがとうございました」

と、爽香は礼を言った。

「結の奴が、君に何か話しに行くかもしれん。もし暇があったら、聞いてやってくれ」

と、色部は言った。

——車を見送って、爽香は、

「私は町の占い師じゃないんですから」

と呟くと、急いで会社の中へ入って行った……。


「あなた」

斎場へ戻ると、妻の靖代が待っていた。

「どうした」

「刑事さんが。——あの騒ぎのことを聞いたとかで」

「そうか」

色部は肯いて、「何か話したか」

「何も」

色部は控室の前の廊下に立っている二人の刑事の方へと歩いて行った。

「これはどうも」

「告別式に伺えなくて」

と、西川刑事が言った。

「いや、大変なことになりましたよ」

「聞きました。――緑川と名のったとか？」

「ええ。全く知らん男です」

「調べてみました。緑川邦夫といって、〈レックス〉というグループのリーダーです」

「〈レックス〉ね」

「恐竜の名前らしいですな」

「息子の死と関連が？」

「これから当ってみます。当夜のアリバイとか。オートバイの傷や修理の記録など」

「よろしく」

「他のメンバーの顔など、お分りですか」

「いや、そこまでは……」

と、色部は首を振った。

「会長」

五十嵐が声をかけた。「あのとき、記録用のビデオカメラが回っていました」

「ああ、そうだったな。忘れていた」

「見せていただけますか？」

「どうぞ。テープをお貸ししましょう」

「助かります」

五十嵐が二人の刑事を案内して行く。

色部は、人の気配に振り返った。

スラリとした美しい娘が立っている。——黒いスーツが色の白さを引き立てていた。

「君は？」

「葉山美佳といいます」

と、娘は言った。「健治さんと恋仲でした」

色部は一瞬目を見開いて、改めて娘を眺めたのだった。

11　脅し

爽香が社を出たのは夜九時を少し回っていた。

ロビーでケータイの鳴るのを聞いて足を止める。――仕事の電話でありませんように！

綾香だ。

「――はい」

「あ、ごめんね。まだ会社？」

「今出るとこよ。どうしたの？」

「あのね、さっき熊田敬子から電話があって」

あの、暴走族に追われていた子だ。

「それで？」

「何だか怯えてた。もちろん、この前みたいに切羽詰った様子じゃないけど」

「どうかしたの？」

「会って話したいって言うの。あの――もし良かったら……」

爽香は笑って、

「いいわよ。じゃ、どこで待ってる?」

と言った。

「どこでも……。今、割合にそこの会社に近い所にいるんだけど」

「そう。彼女も来られるの?」

「ここで待ち合せてる」

大方、爽香が相談に乗ってくれると思って近くで待ち合せたのだろう。

「じゃ、いい所があるわ」

あの喫茶店、〈ラ・ボエーム〉で待っているから、と言って、場所を説明した。

「分った。ありがとう、いつも」

「どういたしまして」

綾香の父親に面倒をかけられるより、よっぽど気が楽である。

麻生が車で待っていたので、事情を話して少し待機してもらっておくことにした。

話次第では、どこかへ行くことになるかもしれない。

――〈ラ・ボエーム〉へ入ると、

「どうも」

オーナーの増田が嬉しそうに、「今お帰りですか」

「ちょっと待ち合せを――。もう閉めるんでしょ？」

時間のことを考えなかった。

増田は明らかに片付けを始めていた。

「いや、構いませんよ。どうせもう誰も来ないと思ったんでね」

「すみません」

と、爽香が腰をおろすと、

「相手は男性ですか？」

「残念でした。姪なんです」

と、爽香は笑って言った。

「そうでしょうね。麻生さんが言ってましたよ。ご夫婦、とっても仲がいいと」

「だといいんですけど」

爽香は軽く受け流して、「じゃ、コーヒーを」

「すぐ淹れます」

増田がお湯を注ぐと、コーヒーの香りが座席の所にまで漂って来る。爽香はため息をついた。

増田が爽香の前にコーヒーを置く。

「どうも。――増田さん」

「何ですか？」

「今から姪とその友だちが来るんですけど、結構微妙な問題の相談ごとかもしれません。その辺のことを――」

「了解しました」

と、増田は肯いて、「外していた方がいいでしょうか」

「いえ、そこまでは。――もし、そうお願いしたいときは、ちゃんと言います」

「そうして下さい」

増田はいやな顔一つ見せずに言った。

――やや待って、

「迷っているのかしら」

と、爽香が心配し始めたとき、扉が開いて、綾香と熊田敬子が入って来た。

「分ったのね。良かった」

と、爽香は言った。「さあ、かけて」

「遅れてごめんなさい」

と、綾香は言った。「途中でオートバイが……」

「オートバイ？」

「関係ないと思うんだけど、ついて来るような気がして。二人でパッと駆け出して、まいて来たの」

「そう」

爽香も少し気になった。

念のためだ。ケータイで麻生に連絡を入れる。

「――悪いけど、車でこの店の近くまで来てくれる？　様子がおかしかったら、一一〇番して」

「分りました」

と、麻生が言った。「チーフ。この間の、果林目当てに絡んで来た連中、何か関係あるんでしょうか」

「さあ、分らないけど……。用心に越したことはないわ」

「はい」

爽香は通話を切った。

「何を飲みますか？」

増田が、綾香たちへおっとりと言った。

二人は、ココアを飲んで、少し落ちついた様子だった。

「――この前は、逃げちゃってすみません」

と、熊田敬子が言った。「両親が心配して……」

「当然よ。お気持はよく分る。でも、いつまでも逃げていられないでしょ」

「ええ」

敬子は肯いて、「学校の帰りに、後を尾けられたんです。怖くて……」

「いつ？」

「昨日です。――いくらお父さんが係るなって言っても、お父さんだって一日中私についてはいられないんだし」

「その通りよ。あなたは何を見たの？」

「あの晩の襲撃――。少し遅れて行ったんで、却って見ていても大丈夫だったんです。でも、その後で見付かって」

「顔を見た？」

「はい」

「誰か知ってる顔が？」

「ミカさんに教えてもらったことが……。〈レックス〉っていうグループのリーダーだという、緑川って男です。その男が指揮していました」

緑川。――あの色部健治の告別式にオートバイで乗り込んで来た男だ。

しかし、緑川が襲った張本人なら、あんな風に現われるのは不自然な気がした。

「その話を誰かにした？」

と、爽香は訊いた。

「いいえ。今が初めてです」

「そう。――やっぱり警察へ行って話した方がいいわね」

「ええ。私もそう思います。でも、父や母が警察沙汰になるのを、とてもいやがっていて」

「まあ、その気持も分らなくはないけど……。人一人、死んでいるわけだし」

爽香は、ふと思い付いて、「他にもけが人は大勢いたでしょう?」

「そう思います。死んだのが健治さん一人だっていうのがふしぎなくらい」

「もしかすると他にもいたのかも……。きっと内密にしてるのよね」

「かもしれません」

聞いていた綾香が、

「爽香おばちゃん、一緒に警察に行ってくれる?」

と言った。

「そうね。もちろん、行ってあげてもいいけど――。河村さんに頼むわ」

「ああ、以前刑事さんだった……」

「そう。河村さんと一緒の方が、きっと向うの対応も違うと思うわ」

「それがいいよ」

と、綾香が敬子の肩を叩いて、「ご両親には後でちゃんと説明してあげる」

綾香の「お姉ちゃん」らしさが戻って来たようで、爽香はつい微笑んだ。

そして、自分のコーヒーを飲もうとして、ふと手が止った。

店の外に、エンジンの音がする。——オートバイだ。

「気を付けて！」

と、爽香は言った。「もしかすると——」

次の瞬間、店の広い窓ガラスが砕けた。

「伏せて！」

爽香は綾香たちを突き倒すようにして、床に転った。

砕けたガラス片が雨のように降って来る。

顔を上げると、店の外に五、六台のオートバイが固まっていた。ブーツでガラスを蹴破ったのだ。

「おい！　余計なことしゃべるんじゃねえぞ！」

と、一人が怒鳴った。「次は少々のけがじゃすまねえぞ！」

そのとき、車のクラクションが派手に鳴った。——麻生だ。

「危ねえ！」

車が突っ込んで来て、オートバイの一台が転倒した。

「行くぞ！」

と、一人が促した。

けたたましい爆音をたてて、オートバイが一斉に走り出す。倒れていた一台が遅れて、

「畜生！　憶えてろよ！」

と、毒づくと、バイクを起して、急いで他の仲間たちを追って行った。

店の前の道をふさぐように車が停った。

「――チーフ！　大丈夫ですか？」

麻生が車から降りて来ると、「わあ！　こりゃひどい」

と、派手に割れたガラスを見て声を上げる。

「二人とも、けがはない？」

と、爽香は訊いた。「立つときに気を付けて。服にガラスの破片がついてるわ、きっと。お互いに相手の服や髪を見て、取ってあげて」

「爽香おばちゃんは？」

「そっちが済んだら、私も見てちょうだい」

と言って、爽香は、「増田さん……」

と、おずおずとカウンターの方へ。

「すみません、お店がこんな目に……。ちゃんと弁償させていただきますので」

と、爽香が頭を下げると、

「いや、お客様の身にけががないならいいんですけどね」

と、増田は言った。

「痛い！」

と、敬子が顔をしかめる。

「どう？」

「あ、大したことない。ちょっと手にガラスが刺さって……」

「取れる？　——麻生君、この子を病院へ連れて行って」

「分りました」

「私も一緒に」

と、綾香は敬子のことが放っておけないらしく、ついて行くことにした。

「——増田さん」

と、爽香は三人を送り出すと、「警察へ届けた方がいいですよ。こんな被害に遭われて」

「ああ、そうですね」

増田は、あまり乗り気でない様子。「しかし、あんな連中、見付かりませんよ」

「ええ……。でも——。もちろん、この窓ガラスを入れ替える費用はこちらで持ちますけど」

「いやなに、ご心配には及びません」

と、増田が首をかしげて、「突然、隕石《いんせき》が降って来て、って言うのはどうですかね」

そのおっとりした様子が変らないので、爽香はつい笑ってしまった。

「ほら、あなたも笑ってるじゃありませんか」

と、増田は言った。「やっぱり、これは笑い話で済ませておきましょう」

「それは……。もちろん、増田さんのお気持が第一ですから」

「ありがとう。気をつかっていただき、申しわけなかったです」

「とんでもない」

爽香は、それにしても一風変った人だ、と思わざるを得なかった……。

12 新しい彼氏

麻生の車が店の前に戻って来ると、爽香はそのまま綾香たちのことを放っても帰れず、病院へ向った。

そう大したけがではないが、外科の外来ももう閉めているので、〈夜間診療〉ということになり、爽香が着いたときはまだ順番を待っていた。

「痛む？」

「大したことないです」

と、敬子は言った。

「あ、呼ばれたよ」

と、綾香が言った。「ついてってあげようか」

「大丈夫、一人で」

「そう？」

「うん」

敬子は診察室へ入ろうとして、ちょっと振り向くと、「もし悲鳴が聞こえたら、駆けつけてね」

と、微笑んで見せた。

綾香は爽香の方へ、

「あの子、すぐ人に頼りたがる子で、どこに行くのも、誰か一緒じゃないといや、っていうタイプなの。でも、今度のことでずいぶんしっかりした」

あなたもね、と爽香は心の中で言った。

綾香自身は気が付いていないだろうが、綾香も実は人に頼ろうとする子である。

長女だという意識があるので、あまりそういう面を見せまいとしているが、誰か頼ったり甘えたりできる相手を、いつもどこかで求めている。

妊娠した相手の男性も、きっと綾香にとって安心して甘えられる男だったのだ。

でも、あの熊田敬子に気をつかっていることで、自分でも意識しない内に、綾香は逞《たくま》しくなっているようだった。

でも——私は？

爽香も、自分のこととなると、よく分らない。人は誰でもそんなものだ……。

そこへ、

「綾香ちゃん」

と、男の声がした。

「ああ、ごめんね。来なくても大丈夫だったのに」

綾香が迎えに出た相手の男が誰なのか、爽香は一瞬分らなかった。

「あの――安藤さん」

と、綾香が、ちょっと照れたように紹介して、初めて分った。

「ああ！　あのビルの……。どうもその節はありがとうございました」

暴走族から逃れて、敬子と綾香が匿まってもらった、N社ビルの警備員である。

「制服でないと、ちょっと分りませんでした」

と、爽香は言った。「綾香ちゃん――」

「あの後、お礼のメールしたの」

と、綾香は言った。「それで、ときどき……」

「年齢の離れた妹みたいでね」

安藤は、笑って言った。三十をちょっと出たくらいの安藤は、綾香から見れば、それこそ
「頼れる男」なのかもしれない。

「しかし、危なかったですね」

と、安藤は真顔になり、「メールで知らされて、びっくりして飛んで来ました」

「そうですか。ありがとうございます」

爽香は、綾香が安藤を少し離れた所へ連れて行って話をするのを見て、

「いつの間に……」

と呟いた。

若い子はいいわね、全く……。

いささかひねくれかけた爽香だった。

「あ、いけない」

ケータイが鳴り出した。電源を切っていなかったのだ。

明男からだった。

「——もしもし。ちょっと待ってね」

爽香は急いで外来のガランとした待合室に入った。

「どうした？　大丈夫か」

「うん。ごめん。今、病院にいるもんだから」

「どこか悪いのか」

「違うのよ」

爽香が事情を説明すると、

「危いな、全く！」

と、明男は呆れた様子で、「ちゃんと警察へ届けた方がいいぞ」

「そうは思うんだけど、何しろご本人がね」

「増田とかって言ったか、その喫茶店の持主？」

「ええ、そうよ」

「ちょっと妙だな」

「妙って？」

「大きな一枚ガラスなんだろ？　高いぞ。それを割られて、届けたくないっていうのは、きっと本人も警察に係りたくない理由があるんだよ」

「それは——考え過ぎだと思うけど」

あの増田が？　しかし、言われてみればそんな気もして来る。

「その子は例の事件を見てたのか」

と、明男が言った。

「うん。あの緑川って男がリーダーになって襲って来たって」

「告別式にオートバイで乗り込んで来たって奴か。でも犯人がそんな目立つことするかな」

「私も同感だけど、あの子はそう言ってるのよ」

「ちょっと慎重に調べた方がいいな」

「そうね。——今、帰り？」

「これから出るところさ」

「じゃ、食事して帰ろうか」

「どこの病院だ？　迎えに行こうか」

「ここはS大付属病院。近くに来たら――」

「ああ、かけるよ」

「じゃあ……」

爽香は通話を切って、戻ろうとしたが――。

目の前に誰かが長椅子にもたれて立っていた。

「もしかして、俺のことを話してたか？」

爽香は目を疑った。

まさか！　――でも、間違いなくそれは緑川邦夫その人だった。

「どうも」

爽香はちょっと咳払いして、
と言った。「私、色部健治さんの告別式に出ていたので」

「あそこにいたのか」

と、緑川邦夫は言った。「偶然だな」

「ええ、本当に」

「今の話に、俺の名前が出てたようだな」

爽香は長椅子にかけた。

「座って話しません？」

緑川邦夫には、危害を加えようとするような「雰囲気」が感じられない。

「いいさ。どうせガラ空きだ」

すでに外来患者の締切は終っているので、待合室には人気がない。

「——今の話、どういうことだ？」

と、緑川邦夫が訊く。

「色部健治さんが死んだ事件よ」

「それを俺がやったって？」

緑川は笑って、「俺はあんな奴のこと、本気で相手にゃしていなかった」

と言った。

「じゃ、あなたじゃない、ってこと？」

「ああ、違う」

しかし、熊田敬子ははっきり緑川だと言っている。

「確かめるわ」

と、爽香は言った。

そのとき、

「邦夫、いるのか？」

という声が待合室に響いた。

緑川邦夫は立ち上ると、

「ここだよ」

と言った。

振り向いた爽香は、白衣の医師がやって来るのを見た。

その医師は爽香に気付くと足を止めた。

「心配いらないよ」

と緑川は言った。「この人は知り合いだ」

「お前の知り合い？」

と、医師は爽香をジロリと見て、「それにしちゃ地味だな」

大きなお世話よ！

「――僕の叔父でね」

と、緑川は言った。「ここの医者をしてるんだ。寺坂《てらさか》といってね」

「何の用だ」

五十前後かと見えるその寺坂という医師、今どきは却って珍しくなった尊大な印象の医者だった。

緑川を好いていないことを隠そうともしない。

「決ってるだろ」

と、緑川は言った。

「金の話か。少し待て。月末には払う」

「本当だろうね。逃げるなよ」

「誰が逃げるもんか」

「じゃ、また来週辺りに来るよ」

「目立たないようにしてくれよ。この病院の中じゃ、誰に見られてるか分らん」

「そう見られてまずい格好もしてないつもりだがね」

確かに、今の緑川は暴走族というより、大学生という感じで、洒落《しやれ》たブレザーを着ている。

「それでも、お前を知ってる人間もいるんだからな」

と、寺坂は言った。「そこの女——何ていうんだ?」

「杉原です」

「ふん」

と、鼻を鳴らして、「こんな奴と付合ってるとろくなことはないぞ。今の内に別れることだ」

「考えておきます」

と、爽香はていねいに言った。「ご忠告、ありがとう」

「待て」

寺坂はポケットから一万円札を出して、「お茶でも飲んで帰れ」

と、緑川の手に押し込んだ。

「ただし、ここの喫茶はよせ」

「分ってるよ、叔父さん」

寺坂は肩をすくめて、

「じゃ、行くぞ。俺は忙しいんだ」

と言うと、白衣を翻《ひるがえ》すような勢いで行ってしまった。

緑川がニヤッと笑って、

「ああいう叔父がいると、何かと便利だぜ」

と言った。

「私にも色々な親戚がいるわ」

と、爽香は言った。「あなたは何をしてるの？」

「何だっていいじゃないか。——この金でお茶でもどうだ？」

爽香は苦笑して、

「もうじき亭主が迎えに来るの」

と言った。

「へえ、優しいな」

「おかげさまで」

「じゃあ……。また会いそうだな」

「いずれね」

緑川はちょっと手を上げて見せ、足早に行ってしまった。

「——爽香おばちゃん」

綾香がやって来て、「誰と話してたの?」

「別に。たまたまここにいた人よ」

と、爽香は言って、「治療は?」

「うん、もう済んだ。一緒に家まで帰るよ」

「危いから、麻生君に送らせるわ」

「おばちゃんは?」

「私は旦那が迎えに来るの」

「へえ、結構だね」

「でしょ? 送って行ってあげたいけど、夫婦の時間も大切だからね」

「ごちそうさま」

と、綾香は笑って言った。

「あの警備員さんは？」

「もう帰った。これからN社ビルに行かなきゃならないんだって」

爽香もそれ以上は訊かなかった。


「何だかややこしい話だな」

と、夕食をとりながら、明男が言った。

「ねえ。いやだわ、これ以上トラブルに巻き込まれたら……」

夫婦でやっている、小さなビストロである。メニューはあまりないが、味はいい。

「今でさえ、優に十人分くらいのトラブルに係ってるだろ」

「十人分はひどくない？」

——兄のことも心配だった。

職場の柳井彩代という女性と、まるで言い分が違う。爽香にも、どっちが嘘をついているのか、判断できなかった。

いや、今さら兄がどれだけ困ろうが、本人のせいと思ってはいる。心配なのは、そのことが両親の気苦労の種になることだ。

「——その緑川って男も、複雑そうだな」

「うん。そんなに悪い人とも思えない」

「まあ、このままですめば……」

「無理でしょうね」

爽香はワインを飲んで、心地よく酔っていた。

「——車で寝ろ」

「言われなくても……」

早くも、爽香の目はトロンとして、車に乗るなり眠ってしまうに違いなかった……。

13 情報

約束の時間にあと二分。

爽香のケータイが鳴って、出てみると、

「今、〈レインボー・ハウス〉の正門のところにいる」

相変らず時間には正確だ。

「そのまま正面玄関へ。車は脇に置いて下さい」

と、爽香は言って、ロビーを玄関の方へ歩き出した。

「いや、タクシーだから」

と話している内に、タクシーが正面に停った。

支払いをすませて降りて来たのは、地味なスーツの男性。少し髪は薄くなっているが、細身で動きもキビキビして若々しい。

「いらっしゃい」

と、爽香は出迎えた。

「すまないね、忙しいのに」

男の名は望月《もちづき》。〈Mホームズ〉という、マンション会社の企画部長である。

爽香とはいわば同業の競争相手ということになるが、普通の分譲マンションを販売している〈Mホームズ〉は、爽香と直接係りはない。

「いいえ」

と、爽香は微笑んで、「ついでに、老後のために一戸いかが?」

望月は笑って、

「そんな金は、定年までかかっても、とても貯まらないだろうな」

望月は部長といっても、まだ三十六歳である。爽香とそう違わない。

同業者として、パーティなどで何度か顔を合わせる内、親しくなった。

この業界には、口先だけ達者で、簡単に口約束をしてそれっきりというタイプが珍しくないが、そんな中で望月は例外だった。

できないことははっきりと「無理です」と言うし、検討しなければ分らない問題なら、

「何日までにご返事します」

と、必ず具体的に言って、その約束を決して忘れない。

爽香は、どことなく自分と似たものを感じて、望月と打ち解けて話をするようになった。

「――お茶でも?」

と、ロビーへ入って爽香が訊くと、

「いや、忙しいんだろ。時間をむだにしないようにしよう」

と、望月は言った。

「じゃ、一階からご案内するわ」

と、爽香は先に立って、一階の廊下を歩いて行った。「でも、上の喫茶のコーヒーは飲んで行ってね。ちょっと自信があるの」

「ぜひ」

と、望月は微笑んで、「大丈夫かい？　上司から文句を言われない？」

「言われても聞き流す」

と、肩をすくめて、「ここが図書室よ。まだ充分な本を買い込むだけの予算がつかないの」

望月は部屋の中を見回したが、それだけでは終らず、壁の表面を指先で撫でたり、軽く叩いてみたりしている。

――望月から、電話をもらったのが三日前である。

望月の勤める〈Mホームズ〉でも、高齢者用のケア付きマンションの計画を立てることになり、望月はまず「他社の物件についての調査」を命じられた。

「具体的な仕様書までは見せてあげられないけど」

と、爽香は言った。

「そこまでは頼めないよ。——うん、しっかり作ってあるな」

望月は感心したように言った。

一時間近く、ボイラーやクリーニングの設備まで見て歩いてから、爽香と望月は最上階の喫茶でコーヒーを飲んだ。

「うん、旨いね」

と、望月はコーヒーをブラックのままで一口飲んで言った。

「この味が変ったら、要注意ね」

「君らしいこだわりだ」

と、望月は微笑んだ。

「——さつきちゃんは元気？」

「うん。この間三歳の誕生日をやったよ」

望月が楽しげな表情になった。

望月には、元同僚のみどりという、飛び切り美人の奥さんと、さつきという女の子がいる。

爽香が、ちゃんと娘の名前まで憶えてくれていることに、望月は気付いている。

「何かあったの？」

と、爽香は訊いた。

「——君は人相も見るのか」

「慣れてるの。兄のことをずっと見て来たから。でも、まさか他に好きな女性ができたとか言わないわよね」

「そんなことじゃない」

と、望月は笑って、「さつきの誕生日に、業者とのゴルフがあってね。前から家族で温泉へ行くと決めて、休暇届も出してあったんで、欠席した。それで社長がちょっと頭に来て……」

「お宅の社長さんは年中怒鳴ってるじゃないの」

「ああ。それはこっちが謝ってりゃいいことだからね。──しかし、今度は社長が昼間うちへ電話したんだ」

「まあ」

「家内に散々文句を言ったらしい。女房がそんな風で仕事ができるか、ってね」

望月は表情を曇らせて、「帰ったら、薄暗い台所で、みどりが一人で泣いてた」

「ひどい話ね。──でも、あの社長さんらしくないわね」

「ああ。──分ってるんだ」

「というと?」

「最近、社長がよそから連れて来た奴がいてね。顧問って肩書きだが、我々の倍も給料を取ってる。そいつが社長に言ったんだよ」

「何者なの?」

「よく分らないんだ。まあ、その内噂が伝わって来るだろう」

「奥さんを慰めてあげて」

「ああ。――電話を留守電にして出るな、と言ったんだがね」

望月は首を振って、「それ以来、ふさぎ込んでる。ちょっと心配なんだ」

「大変ね」

「この企画もね」

と、望月はため息をついて、「社長がどうやらその顧問の意見に動かされて、言い出したらしい。僕は気が進まないんだ。こういう公共性のある仕事は、本来大きな利益なんか期待すべきじゃない」

「そうよ」

「しかし、社長の指示は、『金持の年寄を狙って、抱え込んでる金を吐き出させろ』ってことなんだ。いいものなんか必要ない。見ばえのいいものを建てて、値はよそより少し安くする。しかし、それで利益を出そうとすれば――」

「コストを下げるしかない」

「その通りだ。見かけばかりの、欠陥住宅になるのは目に見えてる」

「管理は？」

「それもうちでやる。入居時の費用を下げた分、管理の方であれこれ口実をつけて金を取ろうとしてる」

「管理はプロがいなきゃ無理よ」

「分ってる。しかし、今の社長にそれを言っても……。大体、この企画自体、この〈レインボー・ハウス〉が成功してるのを見て、急に言い出したんだ」

「そういうことなのね。――でも、お年寄にお金を出させるのは、大きな責任を伴うことよ。入居してる人たちは、自分の余生のすべてをここに任せて下さってるんですもの」

「そんな考えは社長にはないよ。ともかく、具体的なプランが全くないのに、もう派手なパンフレット作りにかかってる」

「先が思いやられるわね」

「そうなんだ。――今日の結果をよく説明するよ。しかし、どこまで聞いてくれるか……」

「元気出して」

と、爽香は微笑んで言った。「ね、今度のお休みに、三人で遊びに来ない？　久しぶりにみどりさんにも会いたいわ」

「それはありがたいが……。迷惑じゃないのかい？」

「ちっとも。良かったらドライブでもしましょうよ」

「ありがとう。みどりもきっと喜ぶよ」

望月の言葉は心からのものだと思えた。それだけ妻のことを気づかっているのだろう。

「さつきちゃん、憶えてるかな、私のこと」

「どうかな。しかし――君の所も、そろそろいいんじゃないか?」

「まだ、ここの入居が終ってないし」

と、爽香は笑って、「いつもそんなこと言ってる」

と、言われる前に先回りした。

ウェイトレスが足早にやって来て、

「爽香さん、今、色部さんっていう方からお電話が」

「色部さん?」

「何だか仕事中とかで、すぐ切れちゃったんです。後でかけ直すと言っといてくれ、って……。何だか凄く偉そうにしてる人でしたけど」

「分ったわ。ありがとう」

爽香がコーヒーを飲み干す。

「――今の『色部』って、色部貞吉のことかい、〈S工業〉の?」

「ええ、たぶんね」

爽香は、望月の表情を見て、「何かあったの?」

「いや、実は……。たまたま昨日会ったばかりでね」

「色部さんと?」

「息子さんを亡くしたんだったね。告別式が大変だったと聞いたよ」

「私、居合せたの」

「そうか。うちは社長と例の顧問の二人が行ってたけど、その事件の終った後だったらしい。話だけ聞いて、悔しがってたよ」

「他にも色々あったの」

と、爽香は言って、「昨日は何の用件で？」

「ああ、うちの麻布のマンション、あるだろ。あの一室を急に欲しいと連絡があってね。もちろん、すっ飛んで行ったよ」

お互い、こういう情報はこの場だけのことと了解している。

「買ったの？」

「ああ、その場で即決だ。そう広いタイプじゃないがね」

「こんな時期にね」

爽香は、ちょっと首をかしげた。

「本人が使うんじゃない。若い女性だ」

一瞬、爽香は久保田結のことかと思った。

「来てたの、その女性も？」

「うん。スタイルが良くて、美人だ。冷たい感じがするくらいね」

久保田結ではない。――もしかすると、あの健治の彼女かもしれない。

しかし、なぜ色部が息子の恋人にマンションまで買ってやるのだろう?

妻の靖代は承知しているのだろうか。

「心当りでも?」

と、望月が訊く。

「たぶん……亡くなった息子さんの彼女だわ。私も会ったことないけど」

「そうか。てっきり色部さん自身のかと思ったよ」

「そんな雰囲気だった?」

「いや……。ただ、寝室を見たときに、彼女が『これならベビーベッドを置いても充分余裕があるわね』と言ったんだ」

「じゃあ……」

爽香は、納得して肯いた。

「亡くなった息子さんの子を身ごもってるってことか。しかし、それなら奥さんに隠す必要はなさそうだがね」

「知らせてない?」

「自宅にそのマンションの件で連絡は絶対に入れるな、と言われたよ。はっきりしてるだろ」

もしかすると、色部からの電話は、その件と係りがあるのかもしれない。

「そうね」

「——ごちそうさま」

望月はコーヒーを飲み干した。

「もう一杯、いかが？」

「いや、もう失礼するよ。色々ありがとう」

爽香は望月を一階まで送った。

「——じゃ、都合を知らせて」

「ありがとう。メールでいいかい？」

「ええ、もちろん」

爽香は受付に言ってタクシーを呼んだ。待つほどもなく、タクシーが玄関前へ寄せる。

「これからまだ二つ回るんだ。歓迎はされないだろうがね」

二人は軽く握手して別れた。

爽香はタクシーに手を振って、ふっと表情を曇らせた。

あれほど誠実で、会社のためを思っている社員はいないだろうが。往々にして、その誠実さが煙たがられることがある……。

14　心変り

待たされるのは慣れている。

約束の時間に三十分遅れたからといって、色部貞吉は謝ったりしないし、久保田結だって文句は言わない。

結は、自分の三十分と、色部の三十分の重みの違いをよく分っている。もちろん、ケータイの番号も知っているが、ほとんど結の方からかけることはなかった。

しかし——一時間以上となると、少々心配になる。

色部も元気とはいえ六十六歳だ。どこか具合でも悪くなったのかと心配になって当然だろう。

それに——もう夜の九時を回って、二十七歳の結としては少々お腹も空いていた。

ホテルのバーでの待ち合せ。何かつまむものでも頼もうか、と思った。

少しは空腹が紛れるだろう。

そのとき人の気配がして、結はホッとした。

「心配したわ」

と、顔を上げて、「――五十嵐さん」

秘書の五十嵐だった。

「会長さんは？」

「ちょっと来られなくなったんだ」

「そう」

結は肯いて、そのまま待っていた。五十嵐が何か言い出すだろう。

急な仕事の約束が入ったということなら、ケータイへ連絡して来ればすむ。わざわざ五十嵐を寄こしたのは、何か別の事情があるからだ。

「――お腹が空いただろう。このホテルの中で何か食べよう」

と、五十嵐は言った。「僕も、朝を食べたきりだ」

「ええ、助かるわ。目が回りそうだったの」

と、結は笑顔で言った。

五十嵐も微笑んだが、ぎこちない笑みだった。結はあえて色々想像しないことにした。考えたところで、事情が変るわけではないのだから……。

バーから、同じホテルのメイン・ダイニングのフレンチレストランへ移り、結と五十嵐は夕食をとった。

食事中は、取り止めのない雑談ばかりだった。いや、食べることに夢中で、あまり話したいとも思わなかった。

——デザートもきれいに平らげて、

「ごちそうさま」

と、結は息をついた。「お腹が苦しい！」

「若いんだね」

と、五十嵐は笑った。

ワインで、少し赤くなっている。

「五十嵐さんだって」

「おい、僕は君より一回り近く年上なんだぜ」

と、五十嵐は言った。

コーヒーが来ると、結は一口飲んで、

「——それで？」

と言った。「何か話があるんでしょ？」

わざわざ個室を取ったのを見て、結は察していた。

「まあね」

五十嵐は、上着の内ポケットから封筒を出して、テーブルに置いた。「これを黙って受け取ってくれ」

結は、封筒を手に取った。ペラペラの一枚の紙が出て来た。

「──小切手だ」

「言われなくても、それくらい分るわ」

ゼロの数を数えた。──一千万円。

「辞表を出してくれ、明日。それでもう出社しないでほしい」

──嘘でしょ。

こんな、安っぽいドラマみたいなこと、本当にあるんだ。

「これって……手切れ金ってこと?」

「そういうことだ」

「そう……」

泣いたり喚いたりするつもりはなかった。どうせ、いつまで続くか分らない関係だとは思っていた。

「会長は、本当は自分で手渡したかったんだ。でも、どうしても来られなくてね」

そんな言いわけは聞きたくなかった。

別れ話は誰だって嫌いだ。言う方も、言われる方も。

五十嵐に「代理」をつとめさせた色部の気持も分る。

「文句は言わないわ」

と、結は言った。「これもありがたくいただいておく。でも、理由を教えて。私が何か気にさわるようなことをした？」

「そうじゃないよ」

「じゃあ、どうして？」

淡々とした口調が、却って五十嵐を困らせたようだ。

ヒステリーでも起した方が、五十嵐には楽だったかもしれない。

「僕も、言いにくいんだ」

「あなたから聞いたとは言わないわ」

「――分った」

と、五十嵐はため息をついて、「僕も本当は……君のような子の方が、会長には必要だと思う。会長は君と過すと、いつもリラックスしていた」

「私、マッサージでも習おうかな」

と、結は微笑んだ。

「他の女ができたんだ」

と、五十嵐が言った。

結は反射的に、

「誰？」

と訊いていた。

「君は知らなくていい」

「そうね。――聞いても仕方ないしね」

他の女か。ふしぎなことに、そう聞くと初めて涙がこぼれた。

「ごめんなさい」

と、急いで拭って、「泣くようなことじゃないわよね。ただ……この間ヨーロッパに連れて行っていただいたとき、会長さんはもう他の人と……」

「そうじゃない。その後だ」

と、五十嵐は言った。

「じゃ、そんなに急に？」

五十嵐は、しばらく難しい顔で考え込んでいた。そして、結をじっと見つめながら、

「これは僕の個人的な頼みなんだが。――聞いてくれるか」

「話してみて。聞かなきゃ分らない」

「それはそうだな」

五十嵐は微笑んだ。「――会長の今度の相手は、亡くなった健治さんの恋人だった女の子だ」

結はちょっと目を見開いて、

「あの子なの！　――それじゃかなわないわ。美人だし、スタイルいいし」

「君、知ってるのか？」

結は、健治が自分に会いに来たことを話して、そのときに「彼女」を見かけたと言った。

「葉山美佳というんだ。十八歳だと言ってた」

「十八！　それであの体？」

「健治さんの子がお腹にいる」

「まあ」

「たぶん嘘じゃないだろう。――しかし、その子が産まれると、色々厄介な問題も起る」

「よく分らないけど……。会長さんは、息子の嫁として、その――美佳さんだっけ？　彼女のことを……」

「それもあるだろうが、葉山美佳の魅力にもひかれてる」

「そう……」

「心配なんだ」

五十嵐は「秘書」の口ぶりをやめて、「今はともかく、葉山美佳がこれからどんなことを要求して来るか」

結は何となく肯いたが、

「――でも、もうそれは私と関係ないわ」

と、小切手を封筒へ戻し、バッグにしまった。

「久保田君。君にこんなことを言うのは、ずいぶん勝手だとは思うんだが……」

「なあに?」

「もし――会長がまた君に会いたいとおっしゃったら、戻って来てほしい」

結は当惑した。

「だって――」

「もちろん、君は君で自分の生活があるだろう。誰か、好きな人ができて結婚するかもしれない。しかし、会長と葉山美佳のことが落ちつくまで、待ってほしいんだ」

「そんな……。一年? 二年? その間、私はぼんやり待ってなきゃいけないの? 大体会長さんは私のことなんか、すぐ忘れてしまうかもしれないのに」

「そうなんだ」

「そんなの勝手よ」

「分ってる」

――結は、少々やけになって、

「コーヒー、お代り!」

と、八つ当り気味に言った。

爽やかな午後である。

広々とした河原では、二十人ほどの人間が忙しく駆け回っていた。

土手の道に、マイクロバスが停っている。

爽香はその少し手前で車を降りると、河原への階段を下りて行った。

「はいOK！　カメラ動かして！」

と、怒鳴る声。

目ざとく爽香を見付けたのは果林だった。

手を振りながら駆けて来る。

「走らないで！　転ぶわよ」

と、つい母親のようなことを言っている爽香だった。

「お邪魔しに来ました」

と、爽香は栗崎英子に会釈した。

「少しやせたんじゃない？　気を付けて」

と、英子は言った。

「ロケだと聞いて」

「天気がいいでしょ。できるだけ沢山のカットを撮っときたいのよ」

英子は、忙しく動き回るスタッフへ目をやった。

「相変らずお美しいですね」

爽香は心から感心して言った。

上品な和服姿の英子は、とても七十五歳に見えない。

「このおチビさんのおかげで、仕事が途切れないの」

と、英子は果林の頭をなでた。

名子役としての評価の定着した果林には、ドラマ出演の依頼がいくつも来る。そしてたいていは英子と「セット」での出演なのだ。果林が、英子といると安心して演技できるのである。

「今じゃ、本当の孫だと思ってる人が少なくないのよ」

と、英子は苦笑いしながら嬉しそうだ。

「――爽香さん」

やって来たのは、果林の母親、寿美代である。

「あら、大丈夫なの？」

「ええ、今は落ちついていて」

寿美代のお腹は目立ち始めている。「主人も？」

「土手の車の中」

「パパの所に行く？」

「うん！」

寿美代が果林の手を引いて階段の方へ行くと、麻生がすぐ気付いて、車を出て手を振る。

「下りて行くから！　そこにいて！」

麻生が階段を駆け下りて来た。

英子がちょっと笑って、

「幸せそうでいいわね」

と言った。

「栗崎様。――その後、何もありませんか？」

と、爽香は少し小声になって言った。

「あのオートバイの連中？　今のところはね」

と、英子は肯いた。「送り迎えの車を色々変えたり、道順もその都度変えてるわ」

「何もなければいいんですけど」

「人気者になるってことは、怖いことよ。こっちは全然知らないのに、向うはこっちを知ってる。――そういう人が無数にいるんだもの」

長くスターをやって来た英子の言葉には実感があった。

「でも、慣れなきゃね」

「今、河村さんがああいうグループを当ってくれています。その内何か手掛りが……」

「お金目当てってことは、バックに何かいるってことだわね」

「だと思います」

爽香は、三人で手をつないで歩いている麻生たちを眺めて、「いい風景ですね」

と、呟くように言った。

爽やかな風が、爽香の髪を乱して行った。

15 疑惑

せかせかと歩きながら、爽香はいくつも指示を出していた。

エレベーターに乗って一人になると、ホッと息をつく。何秒間でもないが、ともかく一息入れることはできる。

一階のロビーへ出ると、爽香は受付に立ち寄った。

〈レインボー・ハウス〉に来ている。

入居者の苦情に対応するのも、爽香の仕事である。むろん、すべて希望通りにいくとは限らないが、入居している人々はほとんど爽香と話をするのに慣れているので、何かというと呼び出される。

「——よく用心してね」

と、爽香は受付の女性たちに言った。「いくらオートロックでも、入居者と一緒に中へ入られることがあるわ。それを避けるには、必ず誰かが受付に座ってることね」

「いつも座ってます」

と、若い受付の子が不服そうに言った。

「ええ、分ってるわ。でも、侵入者が一人でも出て、盗難などの被害があったら、とてもイメージダウンは大きいわ」

「はい、気を付けます」

と、以前からよく知っている受付嬢が言った。

「よろしくね」

爽香が〈レインボー・ハウス〉を出ようとしたとき、ケータイが鳴った。

河村からだ。爽香は、一旦ロビーへ戻ってから電話に出た。

「河村さん?」

「やあ。今、大丈夫かい?」

「ええ、大丈夫」

「さっき、あの女の子について、S署へ行って来たよ」

「ああ、熊田敬子ね。お忙しいのにすみませんでした」

「いや、どうってことないよ。担当の西川って刑事とは顔見知りでね」

「良かったわ。それで話の方は――」

「うん、僕も立ち合って、あの子の話を聞いたがね。確かに君の言う通り、ちょっと怪しいな」

「しかし、西川は手掛りがさっぱりなかったんで、証人が現われて喜んでた。例の緑川って男を引張って来て吐かそうってつもりらしいよ」

「やっぱり?」

「そう簡単にしゃべらないと思うけど」

「まあ、僕が西川にあれこれ言う立場じゃないんでね」

「ええ、よく分ってます。ありがとう」

「しかし、あの子がもし嘘をついてるとしたら、何か理由があるだろう」

「河村さん、あの緑川って人のこと、調べてくれる?」

「ああ、いいよ。あの方面に知り合いもいるしね」

「もう今のお仕事とは関係ないのに、すみません」

と、爽香は言った。

「いやいや。僕もたまにはそういうことをやってみたいんだ。今の仕事でも、外を回ることはあるんだがね。あんまり僕が現場へ出るとうるさがられて」

と、河村は笑って言った。

「分るわ」

企業の人間という立場では、爽香の方が河村より先輩である。

「いや、人を使うっていうのは、捕まえるより難しいかもしれないな」

河村の言葉には「本音」が半分は入っているように聞こえた……。

「じゃ、よろしく」

「何か分ったら連絡するよ」

と、河村は言った。

爽香は玄関を出た。

麻生の運転する車がすぐに寄せて来る。

「――会社へ戻って」

と、爽香が言うと、

「会社ですか」

「ええ。どうして？」

「あの――お昼、食べなくていいんですか」

言われて、爽香は昼食をとっていないことを思い出した。

「忘れてたわ！　どうしてこう元気が出ないのかな、って思ってたの」

爽香は少し大げさに言って、「麻生君もお腹空いたでしょ。ともかく、どこか近くで、おいしくて早く食べられる所へ行って！」

「任せて下さい！」

麻生の張り切りようは、いかにお腹が空いていたかを示していた。

「どういうことなの！」

と、エリは腹立たしげに言った。

「そう怒っても……」

「怒るわよ！　お兄さんが殺されたことなんか、もう忘れちゃってるんだから」

エリは八つ当り気味に腕組みをして、天井をにらみつけた。

「もう行かないと……。ランチは早く済むからね」

ベッドに起き上ったのは五十嵐だった。

「男なんて……」

と、エリは呟くように言った。「結局、女は遊び相手なんだから」

「エリちゃん……」

五十嵐が困ったようにエリを見た。

「ごめんなさい」

エリは肩をすくめて、「五十嵐さんに文句言っても仕方ないんだよね」

五十嵐は手早く服を着た。ネクタイを締めながら、

「会長は、いつまでも過ぎたことにこだわっていられないんだ。そういう性格なんだよ」

エリはベッドから手を伸して、床に落ちていたバスローブを拾い上げた。

「もう行くよ」

と、五十嵐は言った。

「うん。――会ってくれてありがとう」

エリは五十嵐の方へ手を伸し、その手をつかんで引き寄せると、素早くキスした。

「また時間作ってね」

「ああ。連絡するよ」

五十嵐が足早に部屋を出て行く。

エリには分っていた。ホテルのロビーへ出ると同時に、五十嵐はケータイを取り出して、急いであちこちへ電話している。

もちろん、色部貞吉から着信がなかったかを、真先にチェックしているのだ。

エリは、すぐにホテルを出る必要もない。ベッドにまた横になった。

五十嵐と関係を続けるのは、たぶん難しいと分っている。もしエリとこうして寝ているなどと分れば、父は激怒して五十嵐をクビにするに決っていた。

五十嵐も、エリとこうなったことを後悔しているに違いない。一緒に寝ていれば、そんなことは分る。

それにしても……。

「お父さんの馬鹿!」

と、つい口に出してしまう。

兄、健治の遺体を前にして、必ず犯人を見付けて、自分たちの手で償いをさせてやる、と誓ったことを、忘れてしまったのか。

しかも、よりによって、兄の恋人だった女をマンションに囲うなんて……。

五十嵐からそれを聞かされたとき、エリは父に期待することをやめた。

犯人は緑川邦夫という男だという。

警察に逮捕されたとしても、緑川の罪は大したことはないだろう。ほんの数年、刑務所へ入るくらいのものだ。

「冗談じゃない！」

エリは、そんなことで兄の死が「片付けられてしまう」のを許せなかった。

「絶対に、敵は取ってやる！」

と、エリは天井をにらみつけながら口に出して言った。

まず、それには緑川という男について知ることだ。

どういう家に生れて、今何をしているのか。

暴走族のリーダーだとは聞いているが、それだけでは……。

年齢は確か二十三、四だということだ。

「そうだ」

エリはベッドから出ると、バッグから手帳を取り出し、ページを必死でめくった。

「どこかに書いたと思うんだけど……」

と呟きながら、せかせかとページをめくり続け、そしてその手がピタリと止った。

これだ！

エリはケータイを手に取ると、そのページに控えてあった番号へかけた。――ケータイを替えていなきゃいいけど。

「――はい」

と、少し眠そうな男の声。

「雨宮《あまみや》さん？」

「雨宮ですが……。どなた？」

「エリよ。色部エリ。忘れた？」

少し間があって、

「まさか」

と、呆れたように、「あの……ロックコンサートのときに……」

「ええ。お友だちとチケット取ってもらったわ。憶えてる？　私が高二のときね」

「ああ、もちろん」

色部貞吉の娘と知って、目を丸くしていたものだ。――雨宮は週刊誌の記者である。

コンサートに誘ってくれた友だちの、昔の家庭教師という、あまり深くもない縁だったが。

「君、今は——」

「大学一年。十八歳よ」

「もう大学か！　しかし——よく憶えてたね、僕のこと」

「ちょっと知りたいことがあるの」

「何だい？」

「暴走族のリーダーで、緑川邦夫って男のこと、知りたいの。調べてもらえない？」

「暴走族？」

「あなたの所で分る？」

「まあ、調べられないことも……。ああ、そうか」

と、雨宮は思い当ったようで、「君の兄さんだろ？　この間、暴走族同士の争いで……」

「ええ、そうなの」

「すると、緑川って男が係ってる？」

「犯人らしいの」

「そいつは凄い！　まだ公表されてないね？」

「ええ、誰も知らないはずよ」

「よし！　調べるから、代りにそのネタをもらえるかな」

雨宮は急に張り切って言った。

「もちろんよ。その代り、できるだけ詳しく調べてね」

「任せてくれ。そいつの虫歯の数まで調べてやるよ」

「このケータイにかけて。急いでね。夜中でも構わない」

「了解。——もう大学生なら飲めそうだね。一度付合ってくれよ」

「調査結果次第で、都内一のフランス料理をおごってあげる」

「じゃ、今から予約しといてくれ」

と、雨宮は笑って言った。

——これでいい。

エリは、もう寝る気にもなれず、バスルームでシャワーを浴び、出る仕度をした。

「ああ、お腹空いた！」

と、部屋を出て、エリはロビー階へと下りて行った。

ルームキーをフロントへ返すだけで、支払いは五十嵐がすませている。

エリはフロントの会計カウンターへ行って、キーを置くと、

「もう連れが払ってますから」

と言った。

「はい。ありがとうございました」

と、係の女性が一応コンピューターでチェックして言った。

エリは、何か食べて帰ろうと振り向いたが——。

「お父さん」

色部貞吉が、目の前に立っていた。

「『連れが払った』だと？　誰なんだ、連れっていうのは」

父の背後で、五十嵐が青くなっている。

エリは、すぐに立ち直って、

「ボーイフレンドよ」

と、当り前のように言った。

「お前……。いくつだと思ってる！」

と、色部が色をなす。

「お父さんのことだって、何も言わないでいてあげてるのよ。私のことにも、口出ししないで」

「俺のこととは何だ」

「お兄さんの彼女をマンションに置いてるんでしょ。週刊誌の人から聞いたわ」

さすがに、色部も詰った。その間にエリは、

「私、ご飯食べるから。運動すると、お腹空くのよね」

と、すかさずその場を逃れてレストランへと足早に向ったのだった……。

——色部はしばし唖然としていたが、

「あいつ！」

と、大きく息をついて、「いつの間に、あんなに生意気になったんだ？」

五十嵐はそっと汗を拭って、

「もう大学生なんですから、仕方ありませんよ」

「しかし、週刊誌がどうして葉山美佳のことをかぎつけたんだ？」

「さあ、一向に……」

「調べろ」

「はい、すぐに」

「それから、エリの相手が誰なのか、もだ」

「かしこまりました」

また冷汗をかく。

「——緑川という男は、もう逮捕されたのか」

「いえ、まだのようですが、取調べているところだと思います」

「そうか」

色部は、そう言ってから、やや唐突に、「結の奴は、どうだった」

と訊いた。

五十嵐は、少し戸惑って、

「はあ……。無事に話はつきましたが……」

「分っとる。その話は聞いた。俺の言うのは、結の様子だ。びっくりしていたか、清々して

いるようだったか……」

「ああ、それでしたら……」

五十嵐は少しホッとした。色部が五十嵐から話を聞いたことを忘れてしまったのかと思っ

たのだ。

「もちろん、びっくりしていました。それに——少し泣いていました」

「泣いた？　本当か」

「はい」

「そうか……」

色部は肯いて、「行こう。約束の時間に遅れる」

と、さっさとロビーを横切って行く。

五十嵐はあわてて色部を追って行った。

16 気紛れ

「お先に失礼します」

と、声がした。

「お疲れさま」

爽香は、パソコンの画面から目を離さずに言った。

周囲が静かになり、人の気配がなくなる。

爽香はメールの返信を送り終えると、やっと顔を戻して、左右へ目をやった。

「――みんな帰ったのか」

誰も残っていない。

まあ、それは結構なことである。

以前は、

「残業しているのが当り前」

という風潮があって、ろくに仕事もしないで、ただ残っている者がいた。

爽香のように、プロジェクトのチーフをつとめている人間が残って、部下が帰る。これは望ましい形である。

むろん、麻生は待っているはずだが。

「——爽香さん」

と、声がした。

「あら、里美ちゃん」

荻原里美がやって来た。

「爽香さん一人で残業ですか?」

「好きで残ってるの。旦那が今夜は遅いんでね」

「なんだ」

「里美ちゃんは? 帰らなくていいの?」

「今日、送別会があって。一郎《いちろう》を近所の人に頼んで来たんです。そしたら、肝心の主役が風邪ひいて休んじゃって」

「あらあら」

と、爽香は笑って、「じゃ、二人で何か食べて帰る?」

「あ、賛成!」

と、里美が嬉しそうに言った。

里美ももう二十歳である。

激しい恋も経験して、すっかり大人らしくなった。

「じゃ、ちょっと待ってね。一つだけメール送るから」

「ええ」

里美は空いた椅子に腰をおろした。

爽香がキーボードを叩いていると、

「ごめんよ」

と、男の声がした。

里美が立って、

「どちらさまですか？」

と訊いた。

「杉原って人、いるかい？」

振り返った爽香はびっくりした。

「あなたは……緑川さんね」

「やあ」

緑川邦夫がニヤリと笑って、「邪魔するよ」

と言った。

里美は面食らって、緑川が空いた椅子を引いて腰かけるのを見ていた。

爽香は緑川の方へ向くと、

「里美ちゃん。こちらの方へお茶を出してあげてくれる?」

と言った。

「――はい」

いささか釈然としない様子で、里美はお茶をいれに行った。

「構わないでくれよ」

と、緑川は足を組んで、「しかし、お茶一杯はありがたいな。警察じゃ、水一杯もらえなかった」

「調べられたんですか」

「うん。しかし、さすがに向うも、俺を逮捕するだけの証拠はつかんでなかった」

「そうですか」

「誰だか、俺を見たって女がいたらしいけどな。俺の人相や、どんなバイクに乗ってたかも言えなかったそうだ。――刑事も、俺が吐きそうにないと思ったんだろ」

「それで――どうして、あなたがここにいるんですか?」

「あんたの社長に言われてたんでな」

「田端社長ですか?」

「ああ。一度、会社へ遊びに来ないか、ってな」

田端が、緑川のことを「爽香の部下に」などと言っていたことを思い出した。

いくら何でも冗談だと思っていたが。――社長の気紛れにも困ったもんだ……。

「私、聞いてませんので」

と、爽香は言った。

「そうか？　しかし、社長は言ってたぜ、杉原爽香ってのに会ったら、きっと働いてみたくなる、ってな」

「なりましたか？」

「いや、全然」

と、緑川は首を振った。

「じゃ、お茶を飲んだら、お引き取りを」

里美がお茶を出すと、緑川は一気に飲み干して、

「――生き返ったぜ！　ありがとう」

と、里美に言った。

「いいえ……」

里美は目をパチクリさせて、「もう一杯、飲みます？」

「悪いな。もらっていいかい？」

「お茶の葉、もったいないですから」

里美がもう一度出て行く。

緑川は里美の後ろ姿を見送って、

「――いい娘《こ》だな」

と言った。「若いけど、苦労してそうだ」

爽香は、緑川が里美に何か親しさを覚えているらしいのを見て、意外な気がした。

「なあ」

と、緑川は爽香の方へ向き直って、「あんたの手がけてるプロジェクトってのが、どんなもんか、教えてくれないか」

爽香はちょっとびっくりしたが、

「いいですけど……。入居するには少し若過ぎると思いますよ」

と、真面目な顔で言った。

緑川は声を上げて笑うと、

「いや、あんたは面白い人だね」

「そうですか？」

「あの社長が買ってるのも分るよ。リーダーの素質がある」

「あなたも？」

「そうだな。あんな連中でも、誰か上に立つ人間がいないとどうにもならないんだ」

「分ります」

「しかし、俺たちは色部を殺したりしてないぜ」

爽香は引出しを開けると、

「このパンフレットを見て下さい」

と、〈レインボー・ハウス〉の案内を出して、緑川へ渡した。

――里美は、お茶をもう一杯いれて戻って来ると、爽香が緑川にあれこれ説明しているのを見て面食らった。

「お茶です……」

「ありがとう」

「里美ちゃん、少し待ってくれる?」

「はい……」

里美が空いた椅子にかける。

爽香がパンフレットをめくり、

「大切なのは日常の管理なんです」

と、説明を始めたときだった。

エレベーターの扉の開く音がした。

「誰か来たんですね」

と、里美が腰を浮かす。

一人ではない。——数人の足音がした。

「隠れろ！」

と、緑川が言った。「危いぞ！」

爽香は素早く立ち上ると、里美の手を引いて、壁ぎわに置いたコピー機のかげに身を潜めた。

「爽香さん——」

「しっ！ 黙って」

コピー機はかなり大きいので、壁へ寄せて置いてあるように見える。人が隠れるような隙間があるとは思えないのである。

足音が近付いて来た。

「——何しに来たんだ？」

と、緑川が言った。

「ずっと尾けてたんだぜ」

と、一人が言った。「まさか、しゃべったんじゃないだろうな」

「俺が？ 俺は余計な話はしないよ」

と、緑川は言った。「仲間が信用できないのか」

「だけど、みんなが言うんだ。お前がいやにアッサリ釈放されたってな」

やって来た数人の男たちは、険悪な雰囲気を漂わせていた。

爽香はケータイを持っていない。

里美の方に身ぶりでケータイを持っているか訊いた。

里美が肯いて取り出す。――しかし、ここで電話したら、声が聞こえてしまう。

爽香は里美の耳に口を寄せて、

「明男のアドレスは？」

と訊いた。

里美が肯くと、ボタンを押して、明男を宛先にセットした。

爽香はそれを受け取って、必死でメールを打った。

〈緊急事態！　G興産のオフィスにパトカーを寄こして！　爽香〉

焦ってはいたが、何とか間違えずに打って送信した。

お願い。――明男、メールに気付いて！

「ここで何してたんだ？」

と、一人が訊く。

「老後の心配をしてたのさ」

と、緑川が言った。

「他に誰かいるか」

「いや、俺が来たときは留守だった。飯でも食べに行ったんだろ」

「おい、捜せ。どこかに隠れてるかもしれねえ」

「人の会社を荒すのか?」

「お前の指図は受けねえよ」

誰かが机の上の物を叩き落す音がした。

「おい! よせ! 何をするんだ!」

と、緑川が怒鳴った。

そのとき——里美のケータイが鳴り出したのである。

17　敵か味方か

里美がケータイを握りしめて青ざめる。

爽香はとっさに里美の肩を強く押えて、「ここにいて」というように肯いて見せると、コピー機のかげから立ち上って出て行った。

「やっぱり隠れてやがったのか」

男たちは暴走族といっても、そう若くは見えなかった。

「このセクションのチーフです」

と、爽香は真直ぐに男たちを見つめて言った。「床に落とした物を、ちゃんと元の通りに戻して、出て行って下さい」

男たちは呆気に取られて爽香を眺めていた。

「考えて下さい」

と、爽香は言った。「ここで暴れて、物を壊したら、黙っているわけにいきません。今なら、私は何もなかったことにします」

「おい、緑川。この女、少しおかしいんじゃないのか？」

「私を脅しても、明日みんなが出社して来て、騒ぎになったら、警察に届けないわけにいかなくなりますよ。そしたら、家屋侵入、器物破損、恐喝、暴行。――まだまだ容疑はプラスされて、しょっ引かれるくらいのことじゃ済みません。あなた方も、警察沙汰はいやでしょ？　大体、このビルへ入って来るとき、防犯ビデオに撮られてるから、すぐ顔も知れますよ」

警察と聞いて、男たちもひるんだ。

「生意気な女だ！」

と、いまいましげに、「今度借りは返すぜ」

一人が腹立ち紛れに椅子を一つ蹴倒して、男たちは引き上げて行った。

――爽香は息をつくと、

「落とした物を拾って行かなかったけど、それくらいは仕方ないですね」

と言った。

「爽香さん……」

里美がコピー機のかげから出て来て、「もう……。心臓、止るかと思った！」

「私は筋道立てて話しただけ」

「あ、ご主人からでした、電話」

と、里美がケータイを差し出す。

「ありがとう。——もしもし」

「おい、どうしたんだ？」

明男が呆れたように言った。「会社に泥棒でも入ったのか」

「もういいの。パトカーは？」

「麻生君へ連絡した。一番早いと思って」

ちょうどそこへ、麻生が飛び込んで来た。

「チーフ！　どうしました！」

「もう大丈夫なの。——そこにいて」

爽香は、明男に事情を説明した。

それを呆然と眺めていたのは、緑川邦夫である。

「おい」

と、里美の方へ、「この人は、いつもこんな風なのか？」

「爽香さんですか？　ええ、まあ……。何か、色々危い目に遭うことが多くて、慣れてるんですよ」

「——呆れたな」

と、緑川は首を振って、「よく今まで生きてたもんだ」

「私もそう思います」

と、里美は真顔で言った。

「——どうなってるんだ？」

麻生一人、わけが分らず、ふくれっつらをしている。

「——じゃあね。——うん、それじゃ晩ご飯、一緒に食べよう」

爽香はケータイを里美へ返して、「ごめん、愛しの亭主と二人で食べることにしたから、また今度ね」

「そんなことだと思った」

と、里美はいたずらっぽく言って笑った。

「あ、それで……」

爽香は思い出したように、「緑川さん、この続き、どうします？」

「ああ、そうだな」

緑川は腕組みして、「年齢《とし》とったら、俺も入居したくなったよ」

と言うと、ニヤリと笑った。

「エリ」

と呼ばれて、ちょっとギクリとする。

つい、そんな反応をしてしまう自分に腹が立った。

「どうしたの、お母さん？」

自分の家の居間にいて、何もびくびくしている必要などないのだ。

「ちょっと話が……。今、いい？」

と、靖代は入って来ると、「何か飲む？　作りましょうか」

「これがある」

エリは、テーブルに置いた、紅茶のペットボトルを指した。

「そんな甘いもの飲んで……。体に良くないわよ。私、コーヒーいれるから」

と、靖代は言って、「後で、飲みたくなったら飲みなさい」

紅茶にコーヒー？

エリは雑誌を開いて見ながら苦笑した。

そして、母が台所でコーヒー豆を挽いている音を聞いている内、ふっと気付いた。

そうか。——お母さん、自分がコーヒーを飲みたくて、私に「いれるよ」と言って欲しかったんだ。

エリは、そういう自分の「鈍さ」を、ちょっと恥じた。それくらいのこと、やったってばちは当らない。

台所へ行くと、母はもうすっかり仕度をして、コーヒーをカップへ注いでいるところだった。

「どうしたの？」

と、エリが台所へ入って来るのを見て訊く。

「うん。——私も飲む」

靖代は笑って、

「変な子ね。無理に飲まなくてもいいのよ」

「飲みたくなったの」

エリは自分のコーヒーカップを出して来た。

靖代はサーバーからそのカップにも注いだ。

「お兄さんも、コーヒー、好きだったね」

と、エリは言った。「味にうるさかった」

「そうだったわね」

靖代は目を伏せて、「——さあ、向うで飲みましょ」

と、エリを促した。

居間で、二人はしばらく黙ってコーヒーを飲んでいたが、やがて靖代が言った。

「お父さん、帰って来た？」

「え？　私、知らない」

と、エリが言った。

「そうね。妻の私があんたに訊くなんて、おかしいわね」

と、靖代は笑った。

エリの胸が痛んだ。

「お父さん……仕事の都合で、またホテルに泊ってるんじゃないの」

と、エリは気休めに過ぎないことを口にした。

もともと、確かに色部貞吉は仕事が忙しいと、「家へ帰っている時間がもったいない」と言って、ホテルによく泊っている。

「——そうね」

と、靖代は肯いて、「これを飲んだら、あんたも寝なさい」

「お母さんは？」

「もちろん、寝るわよ」

「お父さんを待ってるの？」

靖代は少し間を置いて、

「——いくらお父さんでも、息子が死んだばっかりだっていうのに、女と泊っちゃ来ないでしょ」

と言った。

エリは言葉を失った。

母は何か感じている。でも、知らなければ、いっそその方がいいのでは……。

だが、こうして一人苦しんでいる母を見ていると、エリの内に怒りがこみ上げて来る。

「お母さん」

つい、口を開いていた。「待っててもむだだと思うよ」

「どうして?」

と、靖代は言って、「エリ。——あんた、何か知ってるの」

言い出したら、途中で止めることはできなかった。

「お父さん……葉山美佳って女と……」

「その女は——」

「お兄さんの恋人だった女だよ」

エリの話を聞いて、靖代の顔から血の気がひいた。

「——健治の子を? 確かなの?」

「本人はそう言ってるらしいよ」

「その話、誰から聞いたの?」

エリは少しためらって、

「それは……言えないけど、本当だよ」

と言った。

「そうね。――そうだったの」

「お父さんもひどいよね。お母さん、別れたら？」

靖代はこわばった表情で、

「それで、その女と再婚させるの？　あの人にとっちゃ願ってもないことでしょ」

と、コーヒーを飲み干し、「教えてくれてありがとう」

「どうするの？」

「簡単よ」

靖代は立ち上って、「さっさと一人で寝ることにする。それだけよ」

と笑うと、カップを手に、居間を出て行った。

エリは少しホッとして、そんな母を見送ったのだった……。


一人で寝ることには慣れている――はずだった。

しかし、今夜ばかりは寝つけなかった。

靖代は、それをコーヒーのせいにしてしまいたかった。

健治に恋人がいても、それはふしぎではない。しかし、息子の恋人を、父親が受け継ぐなんて……。

そんなことがあっていいのか？

それは単に夫の「女好き」という範囲を超えたことだった。

ベッドから出た靖代は、自分のケータイを手に取った。

あまり使わないが、やはり持っていないと不便なのである。同世代の友人たちでも、メールやインターネットまで、器用に使いこなす人が珍しくない。

登録はしておいたものの、この番号にかけることがあるとは思わなかった。

しばらく呼出し音が続いて、切ろうとしかけたとき、

「はい……」

と、眠そうな声が聞こえた。

「こんな時間にごめんなさい。色部の家内です」

「あ！　どうも――」

いっぺんに目が覚めた様子だった。

「寝てたんでしょ？　起こしてごめんなさいね」

「いえ……。夜ふかしですから、もともと」

と、久保田結は言った。

「この間は……ごめんなさい。取り乱してしまって」

「いえ、そんな……」

「あなたが悪いわけでもないのにね」

「いえ、奥様がお怒りになるのは当然のことです」

と、結は言った。「でも——もう辞表を出しましたので」

「辞めたの？」

「はい」

「どうして？」

「あの——ご主人から、もう終りと言われまして」

「つまり……主人と切れたということ？」

「お金をいただきました」

「そう……。結さん」

「はあ」

「ちょっと話がしたいの。時間を取ってもらえる？」

「それはもちろん。——何のお話ですか？」

靖代は穏やかに、

「二人で主人の悪口でも言い合わない？」

と言った。

少し当惑したような間があって、

「――そうですね」

と、結が言った。「でも、ご主人には本当に良くしていただきましたから、私。悪口言ったら、ばちが当るような気がします」

靖代はつい微笑んでいた。

「結さん。あなた、主人のことが本当に好きなのね」

「さあ……。よく分りません。でも、恩知らずではいたくないんです」

「私も、あなたがそんな風に言ってくれると嬉しいわ」

と、靖代は言った。「じゃあ、明日、食事でもしましょうよ」

「はい。――奥様がそうおっしゃるのでしたら」

「私、何だかあなたとお友だちになれそうな気がして来たわ」

靖代は、正直に思ったままを口にしていた……。

18 誇り

何だか、妙に苛々していた。

「――栗崎さん、お願いします」

と呼ばれて、ハッと我に返ったが、

「すぐ行くわ」

と答えて目を閉じると、深呼吸した。

「さあ。――仕事よ」

と、自分に言い聞かせる。

TVスタジオの中での収録である。体力的にはそうきつくないはずだが、何といっても七十五歳という年齢を考えると、夜遅くまでの仕事は楽ではない。

ずっと栗崎英子についていたマネージャー、山本しのぶが元気でいれば、こんなに無理はさせなかったろう。しかし、山本しのぶは、今自身が過労で入院している。

「――お待たせしました」

と、英子はスタジオのセットに入りながら言った。

「おばあちゃん」

果林が駆けて来て、英子の手を握る。

「あら、果林ちゃんは出ないでしょ、このシーンは」

「でも、見てるよ」

「あら、それじゃしっかりやらないとね」

と、英子は果林の頭を撫でた。

「栗崎さん、すぐ本番でもいいですか」

と、ディレクターが訊いてくる。

「それはだめよ」

と、英子は言った。「リハーサルはちゃんとやらなきゃ。どんなにやさしいセリフでも、いくつも意味を持ってるのよ。その中のどれが欲しいか、言ってくれないと役者には分らないわ」

英子にも分っていた。

若いディレクターは、英子の体を心配して言ってくれているのだ。少しでも早く終らせるように、である。

それに、英子が必ずセリフを頭に入れていると、ディレクターも分っているのだ。

合う。

「ではお願いします」

ディレクターも、英子の言葉に少し安心した様子だった。

この場面では、英子は孫――もちろん果林が演じている――の学校での担任の教師とやり合う。

英子の「見せ場」でもあり、テンションを高める必要のある場面だった。

「ずっと通してやりましょうね」

と、英子は、相手の教師役の男性に言った。

「結構です」

舞台が本業の脇役俳優だが、それだけにセリフはいつもちゃんと入っている。

すぐセリフを忘れたりトチったりして、リハーサルもスムーズに行かない若手を相手にするのに比べると、英子としても楽だった。

「では行きます」

と、ディレクターの声がする。

英子はセットのソファに腰をおろして、背筋をピンと伸す。

リハーサルでも本番でも、英子は必ず同じ位置に座り、立ち、歩き、止る。

それは長年の映画の現場できたえられたからだ。同じ動きをくり返しても、その都度位置がずれていては、照明もカメラも困るのである。

その点でも、英子はスタッフから愛されていた。

――リハーサルは順調だった。

「まるで舞台を見てるようだわ」

と、傍で見ていたベテランの女優がため息をついた。

「では本番です」

と、声がかかった。

英子はソファの所へ戻って、初めの位置についた。スタジオ内が静まり返る。

そのとき――戸惑ったような声がした。

「栗崎さん」

カメラのオペレーターが言った。「体が……」

「え?」

「いえ、体が揺れてるんですが」

「冗談よしてよ。シャンとしてるわ」

と、英子は苦笑した。「え? ――地震?」

目の前のセットが波打つように揺れていた。

「大変! 果林ちゃん! 誰か果林ちゃんを守って!」

と立ち上ったとたん、英子は目の前が真暗になって、そのまま何も分らなくなった……。

爽香は深夜の病院へと駆けつけて来た。

「――寿美代さん」

「あ、爽香さん」

廊下にいた寿美代は、急いでやって来た。

「具合は？」

「まだ意識が戻らないようです」

「そう。――果林ちゃんは？」

「ソファの所に」

「もう遅いわ。果林ちゃんを連れて帰ったら？　表でご主人が待ってる」

「でも……」

「変ったことがあれば連絡するわ」

「私もそう言ったんですけど」

と、寿美代は言った。「果林が絶対に帰らない、と言い張って」

「まあ……」

TV局のスタッフが何人か集まって話している。

爽香は、ソファの置かれた一画へ行ってみた。果林がじっと座っている。

「果林ちゃん」

と、爽香が声をかけると、

「私、帰らない」

果林の方が先手を打って来た。

「気持は分るけど——栗崎さんも言ってるでしょ、いつも。学校はちゃんと行かないと」

と、爽香は言った。

果林は爽香を真直ぐに見て、

「おばあちゃんは、私にいてほしがってるの」

と言った。

「そう？」

「うん。私、分るんだ」

「でも——」

「嘘じゃないよ。おばあちゃんのこと、一番よく分るの、私だもん」

その気丈に涙をこらえた目に見つめられると、爽香もそれ以上は何も言えなかった。

「分ったわ。じゃ、いてあげてね」

と、果林の手を取る。

「うん。——お母さん、連れて帰って。お腹の赤ちゃんに良くないから」

「この子に気をつかわれちゃ……」

と、寿美代が苦笑した。

「——今夜はみんなでここにいましょ」

と、爽香が言った。「一晩くらいなら大丈夫。学校は休めばいいわ。風邪でも引いたと思えば」

「ありがとう」

と、果林がホッとした様子。

「主人を呼んで来ますわ」

と、寿美代が麻生を呼びに行った。

そのとき、廊下を旧友の浜田今日子がやって来るのが見えた。今日子が医師として勤めているこの病院へ運び込まれたのである。

「果林ちゃん、ここにいてね」

と、爽香は立ち上って、今日子の方へ手を振った。

「来てたの、爽香」

「もちろんよ！　どうかしら、栗崎さん？」

廊下の人気のない辺りまで行って、二人は足を止めた。

「脳梗塞《のうこうそく》だね」

と、今日子は言った。「どの程度やられてるか、明日にならないと……」

「助かる？」

と、爽香は訊いた。

「何とも言えない。何しろ年齢《とし》が行ってるしね」

「そうね。でも——凄く元気だったのに」

と、ため息をつく。

「忙し過ぎたんじゃない？　あの年齢にしちゃ、沢山出てたものね」

「うん……。ともかくよろしくね」

「やれるだけのことはやるわよ」

「分ってる。——悪いね、こんな時間に。わざわざ出て来てくれたんでしょ？」

「爽香に言われりゃ、来ないわけにいかないじゃない。——旦那は？」

「明男も来るよ。仕事が今、遅くまでかかってるの」

「みんな、無理して無理して、やっとこ生きて行けるんだね、この世の中」

と、今日子は言った。「あんたも気を付けてね」

「うん」

爽香は今日子の手を握りしめた。「——ありがとう」

今日子は微笑んで、

「噂をすればだ。旦那だよ」

と言った。

明男が廊下をやって来た。

「——やあ」

明男が今日子と握手をした。

「まあ、お二人でごゆっくり」

今日子は二人の肩をポンと叩いて、さっさと行ってしまった……。

何してるの、私？

——栗崎英子は、ぼんやりとした頭で、考えていた。

寝ている。でも、いつもの自分のベッドじゃないようだ。

ああ、そうか……。

本番中に倒れた。——たぶん、そうだったのだ。

するとここは病院か。

やれやれ……。スタッフに迷惑をかけない、というのを自慢にして来たが、今度ばかりはそうもいかないようだ。

でも——早く現場に戻らなくちゃ。

映画界でスターだったころも、病気で撮影を休むことは、滅多になかった。

仲間のスターたち——特に男優たちは、「親分」気取りで毎夜宴会をやって体をだめにして行った。

英子はそんなことを真似しようとはしなかった。健康管理も役者の仕事の内である。倒れたら、喜ぶのはスターの座を狙っている後輩だけだ。

でも……。もう私も長くやって来た。

この辺で少し休んでもいいかもしれない。

「珍しいじゃないの」

と、声がした。「あなたが、そんな弱気なことを言い出すなんて」

英子は、ベッドのそばに懐しい顔があるのを見て、

「あら……。栄子《えいこ》じゃないの」

「お久しぶりね」

と、英子のメイクをずっと担当して来た相良《さがら》栄子はニッコリと笑った。

「本当ね。わざわざ見舞に来てくれたの？」

と言ってから、「でも、栄子……。あなた、死んだんじゃなかった？」

「そうよ。忘れてた？」

「そうか……。じゃ、迎えに来てくれたの？　そういうことか」

と、英子は小さく肯いた。

「いやだ。私を死神か何かだと思ってるの？」

と、栄子は顔をしかめて、「私はね、あなたを叱りに来たのよ」

「叱りに？」

「そう。生きてる間は、いつもあなたに叱られてたからね。でも今日は別。――しっかりしなさいよ！　栗崎英子の名が泣くわよ」

「年寄りには、もっと優しい口をきくものよ」

「まだ七十五じゃないの。まだまだ、これからでしょ、役者は」

「これから？」

「あと十年は頑張って。それから休むことを考えるのよ」

「そんなにこき使うの？」

「何を言ってるの。仕事してるときが一番楽しいくせに」

と、栄子は苦笑した。「さあ、ひと眠りして、目が覚めたら、次の仕事のことを考えるのよ」

「まだ休ませてくれないのね……」

「当り前でしょ。今、おばあさん役は役者不足なの。出番はいくらもあるわ」

「幸せなことね」

「そうよ！　あなたは本当に恵まれてる」

栄子は肯いて、「私はのんびり待ってるから。急がないで、ゆっくりしてらっしゃい……」

「栄子。——もう少しいてよ。ね、栄子。——栄子」

栄子の姿は、いつしか消えていた。


「意識が戻ったわ」

今日子の言葉に、居合せた人々が一斉に歓声を上げた。

爽香は涙が溢《あふ》れて来て止められなかった。

「大した人ね」

と、今日子は微笑んで、「私を見て、何て言ったと思う？　『あんた、医者に見えないわよ。もっと演技の勉強しなさい』だって」

笑い声が上った。

爽香も笑った。——泣き笑いではあったが。

19 出直し

「まあ……」

爽香は、〈ラ・ボエーム〉の中へ入ると、思わず声を上げた。

「いらっしゃい」

オーナーの増田が、カウンターの中から笑顔を向ける。

「どうも……。ずいぶんきれいになったんですね」

〈ラ・ボエーム〉の店内は、すっかり改装されて、一段と明るくなった。

「前に比べると、落ちつきがないかもしれませんがね」

と、増田は言った。「でも、どうせ窓ガラスを全部取っ替えるのなら、元の通りにするよりは、手を入れようと思いましてね」

「確かに、前の方が落ちついた印象だったけど、この明るい雰囲気も嫌いじゃないわ」

他に客はいない。爽香はカウンターにつくと、

「コーヒーを。何にするかは、お任せします」

「じゃ、今日はオーソドックスにブルーマウンテンで」

と、増田は言った。「安心して飲めるのをお勧めした方がいいような顔をしてらっしゃるので」

「正解ですね。今日はついさっき出社して来たばかりで」

「ご出張か何かですか？」

「いいえ。――あ、お水、おいしい」

と、冷たい水を一口飲んでホッと息をつく。「あんまりくたびれていて、起きられなかったんです」

「あの女優さんのことですか？　栗崎英子さんの？」

「よくご存知ですね」

「お宅のマンションのCMに出てらっしゃるでしょ。どうなんですか、容態は？」

「私よりよっぽど元気みたいです」

むろん冗談だが、初めに予想されていたよりも、遥かに軽く、後遺症もほとんど残らないだろうと言われている。

「それは良かった」

「昔の人間は、自分の足で歩いてたから丈夫なんだ、ってお説教までしています」

爽香は、栗崎英子の様子が安定するまで、帰宅しても落ちつかず、寝不足だった。

そして、旧友、浜田今日子から、

「もう心配ないよ」

と言われて、初めて、ぐっすりと眠った。

おかげで、今日起きると、もうお昼近かったのである。焦って起きようとすると、里美から電話がかかって来た。

「もしもし、爽香さん？　起こしちゃいました？」

「起こしちゃったも何も……。もう昼だわ！　どうしよう」

と、あわてて目をこする。「麻生君、起こしてくれなかったのね。明男も――」

「爽香さん」

と、里美は遮って、「社長さんのひと声ですよ」

「社長の？」

「爽香さんが栗崎さんのこと心配して、この二、三日、ほとんど眠ってないってご存知で。だから今日は起きるまで寝かせとけって」

「そんな……。余計な気をつかって」

と、ため息をつく。「もう起きて出社するわ。約束もあるし」

「麻生さんに電話して下さい。車でそっちへ向ってます」

「分ったわ」

「取りあえず、午前中の約束は全部キャンセルになってるはずですよ」

「勝手にそんなことされちゃ困るわ。後でこっちが大変なんだから、結局」

「社長さんに直接文句言って下さい」

と、里美は笑って、「今、替りますから」

「え？　そこにいるの？　ちょっと！　早くそう言ってよ！」

「おはよう」

と、田端の声がした。

「あの——おはようございます！　こんな格好ですみません！」

TV電話でもないのに、焦ってパジャマの前をかき合せる爽香だった……。

「——そんなわけで」

と、爽香は〈ラ・ボエーム〉のカウンターでブルーマウンテンの香りに浸りながら、「ゆっくりと重役出勤ってわけです」

「いつもあなたがよく働いてらっしゃるからですよ」

「さあ、どうでしょう。一方じゃ、自分がいなくても、仕事に差し支えない、って寂しいですね」

爽香は、ゆっくりとコーヒーを飲んで、「でも——増田さん」

「何です？」

「ここのガラスの入れ換え代も断られたし、こんな改装で、ずいぶん費用がかかったでしょう?」

「まあ、安くはありませんね」

と、増田は肯いた。

「いいんですか? 申しわけなくて。私のせいで……」

「ご心配なく。いいスポンサーがついてましてね」

増田は、洗ったコーヒーカップをていねいに拭いながら、ちょっとウィンクして見せた。

「まあ、羨しい」

と、爽香は微笑んで、「うちの改装にもお金出してくれないかしら」

と言った……。


出社すると、里美が書類を持って来た。

「おはようございます」

「おはよう、って時間じゃないわ。——里美ちゃん、どうして社長の所にいたの?」

「呼ばれたんです」

「社長に? ——こんな書類をどうしてあなたが?」

と、ページをめくりながら、「秘書課の仕事でしょ?」

「今日から秘書課に配属になりました。よろしく」

と、里美はニッコリ笑って言った。

「ちょっと……。本当なの？」

「社長じきじきの人事です」

爽香はびっくりしていたが、

「まあ……。それじゃ、本当に？——よろしくね」

「爽香さんのこと、よく見張って、報告するように言われてます」

「ちょっと……。私のお目付役？」

「そんなことのようですよ」

「全くもう！　何考えてるんだろ」

と、ブツブツ言っていると、ケータイが鳴った。

兄の充夫からだ。

「もしもし」

「爽香。お前、柳井彩代に何て話したんだ？」

「いきなり何よ」

と、爽香は兄の、文句をつけるような口調にムッとして言った。

「頼んだじゃないか、彼女をうまく説得してくれって」

「待ってよ。私も忙しいの。確かに、柳井彩代さんには会ったわ。でも、向うの話を聞くだけで手一杯だった」

「何て言ったんだ、彼女？」

「お兄さんが言った通りよ。会社のお金のことで――」

「俺はそんなことしてない！」

「だったら、そう言ってやれば？」

「もう遅いよ」

と、充夫はふてくされた口調で言った。

「どういうこと？」

「今日、会社をクビになった」

爽香も、どう言っていいのか分らなかったが、しかし兄が自分に責任を押し付けて来ようとするのが、爽香には許せなかった。

「ちゃんと上の人に話したの？」

「ああ。しかし、彼女は上司に覚えがいい。甘えて見せる名人だからな」

他人のことをとやかく言えた柄じゃあるまい、と思ったが、口には出さなかった。

「で、どうするの？」

「仕方ない。また仕事を捜すさ」

「それしかないわね」

と、爽香は言った。「則子さんに話したの?」

「まだだ。——おい、余計なことするなよ! ちゃんと俺から話すからな」

「そんな暇ないわよ」

と、爽香は言い返した。「ともかく、どこでも女性のことでしくじるんだから、今度は気を付けて」

「差し当り、二、三十万いるんだ。いくら仕事を捜すっていってもな、そうすぐにゃ見付からないしな」

と、充夫は言った。「貸してくれ。いいだろ?」

爽香は絶句した。当り前のように言う兄の気持が分らない。

「そんなこと言われたって——」

「頼むぜ。綾香を取りにやるからな」

充夫も、爽香が綾香には甘いということを知っている。

「お兄さん……」

「会社にいるだろ? 綾香が、あと一時間もしたら、そっちへ行くよ」

じゃよろしく、とさっさと切ってしまう。

爽香は、兄を怒鳴りつけてやりたい気持だったが、プロジェクトのメンバーの前ではそれもできない。

綾香が来たら？　手ぶらで追い返すわけにもいかないだろう。

——仕方ない。

爽香は、断りにくいやり方を心得て言って来る兄のことに腹を立てながら、立ち上って、

「ちょっと出てくる」

と、まだ銀行が開いている時間かどうか、時計の方へ目をやった。


「この辺で見かけないか？」

と、雨宮はスナックの暇そうな女に声をかけて、写真を見せた。

「いい男じゃん」

と、女がニヤついて、「見かけたら、口説いとくよ」

「緑川って奴なんだ。知ってる？」

「知らないね、残念ながら」

「早く言えよ」

雨宮はふてくされてスナックを出た。

——週刊誌の記者といっても、色々だ。

その出版社にちゃんと雇われて正社員になっていれば楽だ。

だが、実際には週刊誌の仕事の大半は外注――つまり、正規の編集部員でない人間に任されている。

そして、雨宮も、いわゆる「契約社員」の一人だ。いい仕事をすれば、来年も雇ってもらえる。しかし、大した記事が作れないとなれば……。

いともアッサリと、

「今年限り」

と言われて、おしまいである。

なかなか「特ダネ」など飛び込んでは来ない。

そんな雨宮にとって、この色部の娘からの話は、正に「飛びつきたくなる」ネタだった。

何としても……。何とかして、緑川邦夫という奴の居場所を見付けてやる。

――雨宮が出て行った後、スナックの女が自分のケータイをすぐに取り出したことなど、雨宮はむろん知らない。

20　血縁

ロビーに下りて行くと、綾香がすぐに気付いて手を振った。

「いらっしゃい」

爽香は綾香の肩に手をかけて、「何か飲もう。時間、あるでしょ？」

「私はいいけど……。爽香おばちゃん、忙しいでしょ？」

「あなたのためなら、少しぐらい時間を作るわよ。お腹空いてる？　パスタのおいしい店が近くにできたの」

「わあ、食べたい！」

若い食欲は、少しぐらい昼を食べていても、「おいしいもの」を詰め込むぐらいは造作もない。

「——うん、おいしい！」

綾香は冷たいパスタを、たちまち平らげてしまった。

「ご立派」

と、爽香は紅茶にレモンパイを食べながら、「お父さんから聞いてる?」

「うん……」

綾香は水をガブッと一口飲んで、「私、いやだって言ったの。みっともないよ。何かっていうと、爽香おばちゃんにばっかり頼って……」

「そうね」

「いつも散々迷惑かけてるのに」

「お母さんは?」

綾香は肩をすくめて、「相変らず。——お父さん、クビになったのなら、お母さんだって働けばいいのよね。でも、『私には関係ないわ』って言って、またデートに出かけてる」

事情の分っている綾香はともかく、まだ小学生の涼《りよう》と、さらに小さな瞳《ひとみ》には、そんな両親がどう見えているだろう。

「ただ……下の二人のこと考えると……。私も働くつもり。パートぐらいしかないだろうけど」

爽香は封筒を取り出して、テーブルに置いた。

「三十万あるわ」

「おばちゃん……。ごめんね」

と、綾香は頭を下げた。「きっと、私が返すから。いつになっても、必ず」

爽香は黙って微笑んだ。

娘にこんな真似をさせる充夫に対して、腹が立った。

「じゃ、持って帰る」

と、綾香は自分のポシェットに封筒をしまった。

「ところで、どうなの？」

「え？」

「あのガードマンさんとは」

「あ……。安藤さんね」

綾香は少し頰を染めて、「年齢《とし》も違うし、あの人、結婚するつもりの人がいるらしいし……」

「じゃ、お付合してないの？」

「してる」

と、綾香は言って、「でも——恋人っていうわけじゃないのよ」

「そうね。あんまり気軽に深い仲にならないこと」

「よく分ってる」

と、真顔で肯く。「明男おじちゃんみたいな人が現われるまで、辛抱強く待ってるつもりよ」

「伝えとくわ。——じゃ、もう行っていいわよ」

「はい」

綾香は立とうとして、「ね、おばちゃん」

「なあに？」

「いやにならない？　うちのお父さんみたいなのと、ずっとこんな具合で」

「一応兄妹だものね」

「兄妹か……。ずいぶん違うね」

と、綾香はため息をついた。

「親が甘やかして育てたのよ。何をやっても、親が何とかして来ちゃったから。――それが今でも抜けない」

「怖いね。大人になってまで……」

「そう。だから、あなたもね、涼ちゃんが何か間違ったことをしたら、ちゃんと叱ってあげて」

「私が？」

「母親の代りだと思って。そうしないと、涼ちゃんが将来泣くことになるわ」

綾香は肯いて、

「分った。――うん」

「帰りがけに、デパートの地下で、夕ご飯のおかず、買って行けば？」

「あ、それっていい考えかな」

「はい、これでね」

爽香は、千円札を何枚か綾香の手に握らせた。

「でも――」

「封筒のお金を出しちゃだめよ。落としたり盗られたりすると大変」

「はい！」

綾香はニッコリ笑って、「ありがとう！」

と、ひと言、足早に店を出て行った。

「――こっちの夕飯はどうしよう」

と、爽香はため息と共に呟いた……。


オートバイを停めて、タバコを喫っている男たちが目についた。

雨宮は、もしかすると、という思いで近付いて行った。

もう足が棒のようだ。

「ごめんよ」

と、声をかけて、「この男、知ってるかい？」

緑川の写真を出して見せる。

「知らねえよ」

と、一人がうるさそうに言った。

「写真を見てから返事しろよ」

と、雨宮がムッとして言った。

「そいつがどうかしたのか」

と、ヘルメットをかぶったままの男が言った。

「ちょっとやばいことをしたんだ。知ってたら、下手にかばい立てしない方がいいぜ」

「ほう」

男がヘルメットを取って、「こんな顔かい?」

雨宮は、正に写真の緑川本人を目の前にして、呆気に取られていた。

「――どうした」

と、緑川はニヤリと笑って、「俺を捜してたんだろ? やっと会えたんだ。何とか言えよ」

雨宮は、他の数人が、いつの間にか自分を取り囲んでいるのに気付いた。

雨宮の顔から、血の気がひいた……。

色部エリはホテルの正面玄関でタクシーを降りた。

「いらっしゃいませ、色部様」

名前で呼ばれ、迎えられる快感。

エリは、ホテルのメイン・ダイニングへと向った。

雨宮から、

「緑川について、重大な情報がある」

という連絡があった。

エリは、約束通り、このホテルのフランス料理をおごることにしたのである。

レストランの入口で、

「お待ちしておりました」

と、蝶ネクタイの支配人が出迎える。

「連れの人は？」

「はい、もうおみえでございます」

「ありがとう。個室にしてくれたわね」

「はい、もちろん。――ご案内を」

エリは、テーブルの間を抜けて、奥の個室の一つへと案内された。

父も、よく内密の話のとき、ここを使う。五十嵐の話で、知っていた。

「――どうぞ」

ドアを開けてもらい、エリは中へ入った。

背広姿の男が、ドアの方へ背を向けて、窓からホテルの庭を眺めている。

「待った？」

と、エリは言った。「ずいぶん上等なスーツを着てるのね」

「そうかい？」

振り向いた男は——緑川だった。

凍りつくエリに、

「大声出して、俺のことを訪ねて回ってたんでね。あの記者は役立たずだ。金を払うことはないぜ」

緑川は椅子を引いて、「さあ、どうぞ」

エリは、座るしかなかった。

「——話があるなら、直接会った方が早い」

緑川は向い合った席につくと、「君は、色部健治の妹だな」

「そうよ。あなたが殺した……」

「待ってくれ」

と、緑川は遮った。「誰が言ったんだ？　そんな話、ちゃんと裏付けがあるのか」

「だって……」

「俺はやっちゃいない」

と、緑川は言った。「やってりゃ、こうして君に会ったりしない」

緑川の口調には、説得力があった。

エリは気圧されて、

「じゃ、誰がやったの?」

「知らない。俺は警官じゃないからな」

ウェイターがメニューを手に入って来る。

エリは席を立って帰ろうかと思った。

しかし、緑川はメニューを開いて、のんびりと眺めている。

その様子から、危険なものは感じられなかった。

そして、緑川の態度は、こういう店に慣れている人間のものだった。

エリもメニューを開いた……。


「おい、まだ未成年だろ」

と、緑川が笑って言った。「それにしちゃ、いい飲みっぷりだ」

「ワインぐらい飲めるわ。もう大学生なのよ」

と、エリはグラスを置いた。

「親父はもう六十六だろ? ほとんど孫だな」

「大きなお世話」

エリは、それでもしっかり食事をとっていた。

「——今日の鴨は旨い」

と、緑川は肯いて言った。「そうか。あの美佳って女が言ったのか」

「何よ、突然」

と、エリは呆れて言うと、つい笑ってしまった。

「そうそう。笑うと、お前も結構可愛いぜ」

「あんたに『お前』なんて呼ばれたくないわ」

「気が強いな。——ところで、今、あの葉山美佳はどうしてるんだ?」

「何だか——父がマンション買ってやって住まわせてるみたいよ」

「色部貞吉が?」

「気軽に呼ぶわね」

「ここにいるわけじゃない。いいだろ」

「お好きに」

エリも、肉料理をペロリと平らげていた。

「——もしかして、美佳は身ごもってなかったか」

と、緑川は訊いた。

「よく知ってるわね」

「やっぱりか」

緑川はナイフとフォークを皿に置いた。

「あの女を知ってるの？」

「いくらかな」

と、小さく肯くと、「色部貞吉は、それを知ってるんだな」

「ええ」

「美佳のお腹の子が、本当に健治の子かどうか、調べたのか」

「さあ……。そこまではやってないんじゃないかしら」

「誰から聞いた？」

エリは少し迷って、

「秘書の五十嵐さん」

「あいつか」

「五十嵐さんのことを——」

「知ってる。向うは知らないだろうが」

エリはナプキンで口を拭った。

料理の皿がさげられると、

「あなたは何者？」

と、エリは言った。「どうして色んなことを知ってるの？」

「さあな……」

緑川は、ちょっと息をついて、「美佳のことは健治から聞いた。惚れてたな」

「お兄さんから？」

エリはじっと緑川を見つめて、「お兄さんを殺したのは誰か、知ってるの？」

「知らない」

と、緑川は首を振って、「しかし俺じゃないことは確かだ」

「それは――」

「弟を殺したりしない」

エリは、しばし黙っていたが、

「――何て言ったの？」

「俺は弟を殺したりしない」

と、緑川はくり返した。

21 欲と欲

「もう行くの？」

と、ベッドの中から葉山美佳は声をかけた。

「ああ」

色部貞吉は、ネクタイを締めると、ベッドの方を振り返った。「明日は朝早く出て、成田まで行く。アメリカから来る客の出迎えにな。今日は早く帰って寝るよ」

「分ったわ……」

美佳は深く息をついて、「このままでいい？　またすぐ眠っちゃいそう」

「ああ、たっぷり眠って、体力をつけてくれ。お腹の子のためにもな」

色部は、美佳が差しのべた手を取って、そっと唇をつけた。

「じゃ明日は来られないわね」

「たぶん無理だな。夕食まで、その客と付合うことになっている。誰か友だちでも誘って食べるといい」

「そうするわ。――じゃ、気を付けて」

「うん」

色部は上着を着て、寝室を出て行った。

――美佳はベッドの中で、玄関のドアが閉る音を聞いた。

ゆっくりとベッドから抜け出て、窓辺へ行くと、カーテンを細く開ける。

ちょうどマンションの正面玄関につけられた色部の車が見下ろせて、運転手がドアを開け、色部の乗り込むのが見えた。

車が夜の道を走り出すと、美佳は軽く息をついた。そして、カーテンを戻そうとして、ふと手が止る。

マンションの前に数台のオートバイが現われたのだ。

美佳は軽く舌打ちすると、ベッドのそばのテーブルに置いたケータイへ手を伸した。

取り上げるのと、ケータイが鳴るのと同時だった。

「――ここへ来るなと言ったでしょう」

と、美佳は素気なく言った。

「マンションへ来るな、と言ったろう？　ここは表の通りだ。マンションには入っちゃいねえよ」

面白がっている口調で男が言った。

「色部が帰るなり、マンションの前にバイクが集まったら、妙なもんでしょ。管理人が気付いたら、色部の耳に入るかもしれないよ」

そう言ってから、美佳は、リビングの方へと足を踏み入れ、「今下りて行くから、少し離れて待ってて」

と言うと、通話を切った。

出かける仕度をして、財布を手に部屋を出る。

一階のロビーを通ると、受付にいたガードマンが会釈した。このマンションは二十四時間、必ず受付に人がいる。

「ちょっと食事して来ます」

と、美佳はガードマンに声をかけた。「お腹が空くんですね、二人分だから」

「なるほど」

と、ガードマンも微笑んで、「タクシーを呼びますか?」

「いいえ。近くで済ませますから。少し歩いた方がいいし」

「お気を付けて」

「ありがとう」

美佳は愛想良く笑顔を返した。

マンションを出て、少し歩くと、オートバイがいつの間にか集まって来ている。

美佳は足を止めて、

「人目につかないで、と言ったでしょう」

と、リーダー格の男へ言った。

「分ってるよ。しかし、こっちが約束を守ってるんだ。そっちも守ってもらわないと」

「何のこと?」

「金だよ」

と、男はアッサリと言った。「金になる仕事だと言うから、引き受けたんだ。ところが今、ぜいたくに暮してるのは、あんただけだ」

美佳は苦笑した。

「ちゃんと初めから説明したでしょ。すぐお金になるわけじゃない。でも、一旦色部を信用させてしまえば、お金をたっぷり使える。もう少し辛抱してよ」

「いや、俺は分ってるんだよ。でも、みんな若くてせっかちだ。『あれだけのことをやったのに、どうして金にならないんだ』と文句が出ててね」

美佳は、並んだバイクをザッと見渡して、

「どうしろって言うの? お金を盗んだりしたら、それこそ台なしだよ」

「なあに、俺たちにも、ちょっとした考えがあるんだ。上手い金儲けのね。あんたにゃ迷惑かけないよ」

「待って。――妙なことをしないでよ。せっかくここまで計画通りに来てるんだから」

と、美佳は言った。「何を考えてるの？」

「いや、たまたまでね。あんたの妹分の、例の敬子って子の親友がいるだろ。そっちの知り合いに有名なタレントがいてさ。そいつをちょいと脅しゃ、いい金を出すってことさ」

美佳は表情をこわばらせた。

「馬鹿な真似はやめて！　もし警察へ駆け込まれたら――」

「これは俺たちのすることだ。あんたに口は出させないぜ」

と、男は遮って、「ただ、一応、あんたに断っとこうと思っただけさ。義理固いだろ」

美佳は、それ以上言ってもむだだと悟った。

オートバイが爆音をたてて遠ざかるのを見送って、美佳は首を振った。

「――しようのない連中ね」

美佳は、そのままもう少し歩いて、本当にファミリーレストランに入った。

妊娠して、お腹が空くのは事実だった。

あまり食べ過ぎて太ってはいけないと言われているが、まだ大丈夫だろう……。

夕食どきには遅い時間だが、店は結構にぎわっている。

残業帰りらしい女性たち。小さな子供を連れた若い夫婦もいる。

美佳は、店に入るとき、

「〈喫煙席〉を」と選んで入った。

しかし、いざ席についても、灰皿を前にしても、タバコを喫いたいという気持にならない

お腹の子供に悪い。——そんな話を気にするほど殊勝ではないつもりだが、やはりいくらかは心配しているのだろうか。

「——ほら、だめよお邪魔しちゃ」

と、母親の言葉など分るわけもない、せいぜい二つになるかならずの子が、オムツをつけたまま、いささか危なっかしい足どりでトコトコと美佳のテーブルのそばまで来て、ニッコリと笑いかけた。

美佳も笑顔で答えていた。

「すみません」

母親が駆けて来て、子供を抱き上げる。

「いいえ」

美佳は、よその子供に対して寛大になっている自分に気付いて、驚いていた。

以前は、レストランなどで、子供が騒いだり泣いたりしていると、苛立って、怒鳴りつけたくなったものだが……。

美佳は、そっと自分のお腹に手を当てた。

自分の中に、「もう一つの命」が育っている。それは想像もつかない、奇妙な感じだった……。

正直、いささか肩が凝ったが、それでも印象的で、忘れ難い体験だった。

「くたびれたでしょう」

と、色部靖代が笑って言った。

「あ、いえ……。すみません」

と、久保田結は、欠伸をかみ殺していたことに気付かれて、あわてて言った。「とっても楽しかったんです。本当です。ただ……ときどき眠くなって……」

「それはそうよね」

と、靖代は肯いて、「でも、何事も経験ですものね」

「ええ。ええ、本当に……」

何だか、やけに結のことを気に入ってしまった靖代が、

「お友だちからオペラのチケットをいただいたの」

と言って来たのだ。

オペラ？　——結はびっくりしたが、ともかくお供をして、三時間半、何とか眠らずに聞

いていることに成功した!

しかし、正直なところ、結としてはオペラの後に靖代が連れて行ってくれた和食のお店の味の方が「より印象的」であった。

「――あ、もうここで」

と、結は言った。「この先は道が狭いですから。歩いてすぐです」

結と靖代を乗せたハイヤーが停ると、

「ごちそうになってすみません」

と、結は礼を言った。

「いいのよ。また、ご飯でも食べましょうね」

「ありがとうございます」

車を降りて、結は何度も頭を下げつつ、車を見送った。

「――くたびれた!」

オペラと、気をつかったのと、両方でくたびれた結は、ホッと息をつくと、アパートへと歩き出した。

もう深夜である。

いくら遅くても、今の結には構わないのだが――目下失業中だから――昼ごろまで寝ていたりすると、起きたときに、何だか凄く悪いことをしていたような気がして、落ちつかないのだ。

勤めていたときには、大した仕事もしていなかったのに……。

「貧乏性なのね」

と呟いて、ちょっと笑う。

そして、「貧乏」はいやだが「貧乏性」は嫌いでない自分に気付いたのだ……。

アパートへ帰って来た結は、自分の部屋のドアの前に、誰か男が立っているのを見て足を止めた。後ろ姿で、廊下が薄暗いせいもあって、誰なのか分らない。

「あの……」

と、こわごわ声を出すと、男が振り向いた。

「結……」

「会長さん！」

色部貞吉が立っていたのである。

「出かけてたのか」

「ええ……。ちょっと」

色部は、スーツを着た結の格好をチラッと眺めて、

「デートか。それとも見合いか？」

「あの……」

まさか、奥様と出かけてました、とも言えず、「昔の友だちと。――女の子よ」

「そうか」

「ここで――待ってたんですか？」

「ああ、一時間ほどな」

「すみません。あの――入ります？」

愛人でいた間も、色部が結のアパートへ来たことはなかった。

「ここに立ってるよりゃいいな」

「じゃ、すぐ開けます」

急いで鍵を開け、「――どうぞ」

部屋の中はろくに片付けていないが、仕方ない。

「あの――散らかってますけど。すぐお茶いれますね」

色部は畳にドッカとあぐらをかくと、

「こんな所に住んでるのか」

と、部屋の中を見回す。

「恥ずかしいから、あんまり見ないで下さいよ」

「恥ずかしいことなんかあるもんか。俺だって貧乏は知ってる。こんなものじゃない。本物の貧乏だ」

色部はネクタイを取ると、ワイシャツのボタンを一つ外して、ホッと息をついた。

「――どうぞ」

と、結はお茶を出して、「どうしたんですか？　こんな所、来たことないのに」

「何だかお前の顔が見たくなった」

と、色部はお茶を一口飲んで、「まずいな。もう少しいい葉を使え」

「高いんです、いい葉は」

と、結は言い返した。「美佳さんのきれいな顔をずっと見てて、たまには私のまずい顔が見たくなったんですか」

結はあわてて、

「すみません。――あんなお金をいただいて、お礼も言わないで」

「怒ってるか」

「私が？　いいえ。だって……」

結はどう言っていいか分らず、口をつぐんだ。

「結。――俺に帰ってほしければそう言え。俺はおとなしく帰る」

「会長さん――」

「もう秘書じゃないんだ。『会長さん』はやめてくれ」

「でも……。いたければ、いて下さい」

「そうか」

色部に引き寄せられると、結はごく自然に身をあずけていた。

色部へとつながる道を、まだ結は憶えていたのだった……。

22 予定外

赤信号で車が停ると、その小さな揺れで果林は目を覚ました。

「もうおうち?」

と、母親を見上げる。

「まだよ。もう少し寝てて大丈夫」

寿美代は膝に頭をのせている果林に言った。

「今どの辺?」

果林は起き上って、「ね、病院まで遠いの?」

車を運転しているのは麻生である。

「そう遠くはないけど……。今日はもう遅いよ、果林。明日にしよう」

果林が言う「病院」は、もちろん栗崎英子の入院先のことだ。

「おばあちゃんの顔を見てから帰る」

と、果林は言った。「ね、寄って行こうよ、ママ」

「しかし、栗崎さんだって寝てるぞ。こんな時間だ」

と、麻生が言ったが、果林は、

「大丈夫。おばあちゃんは起きてるよ」

と言った。

「どうして分るの?」

「私、おばあちゃんのことなら、何でも分るもん」

果林の自信満々の言い方、そして実際にその言葉通りであることが少なくないと分っているので、寿美代も苦笑して、

「あなた、寄って行きましょう。ここまで遅くなれば同じよ」

と、麻生へ声をかけた。

「分った。まあ二十分もかからないと思うがな、寄って帰っても」

麻生は、車をカーブの車線へと入れた。

「――でも、あの回復力は若い人並みですって言われたわ。大したものね」

と、寿美代は言った。

「まだまだ当分長生きするよ、あの人は」

麻生は少し車のスピードを上げた。

「ねえ」

と、風呂上りの爽香が、パジャマ姿で居間へ入って来ると、「お風呂、入ったら？」

「うん。——パソコン、いいのか？」

と、明男はＴＶを消して言った。

いつも爽香はお風呂を出た後、パソコンに来ているメールをチェックする。

「今夜はいいの。ね、ベッドで待ってる」

「眠った方がいいんじゃないのか？」

「大丈夫。ゆうべしっかり眠った」

「分った。シャワー浴びてすぐ行くよ」

と、明男は笑って、爽香にキスした。

「疲れてるなら、無理しなくていいよ」

「俺は元気一杯さ！　十分で行くからな！」

と、明男は服を脱ぎ捨てながらバスルームへ。

爽香も笑って、

「こら！　脱ぎ散らかさないでよ」

と言ってやった……。

明男は十分とはいかなかったが、十五分でお風呂を出ると、バスタオルを腰に巻いて寝室へと入って行った。

「おい――」

爽香はベッドで大の字になって、軽いいびきをたてている。

やはり疲れているのだ。

明日の朝には文句を言われるかもしれないが、このまま眠らせておこう、と明男は思った。

居間へ入ると、電話が鳴った。

ケータイでなく、この家の電話へかけてくる人間はあまりいない。しかも、こんな時間だ。

間違いか、いたずらか……。

受話器を取って、

「もしもし、どなた？」

と、少し無愛想な声を出す。

「杉原さんのお宅だね」

男の声だ。何だかいやな予感がした。

「誰ですか」

「今、病院にいる。栗崎英子の入院してる病院だ」

「何だって？」

「いいか、妙な真似をするなよ。こんなばあさん一人、息の根を止めるなんて、わけないいんだぜ」

いたずらではない。——明男は少し間を置いた。

「——何の用だ」

「金を用意しろ。あの何とか果林とかって売れっ子がいるだろ。金はあるはずだ」

「今すぐには——」

「明日、銀行が開くまで待ってやる。三千万、用意して持って来い」

と、男は言った。「いいか、俺たちは何人も来てる。警察なんか呼べば、仲間がすぐにあのばあさんを殺す。助けられっこないぜ」

「——分った」

「朝九時にもう一度電話する。金をすぐ下ろせるようにしとけ」

電話は切れた。

「どうしたの？」

爽香が、電話の音で目を覚まして起き出して来た。

「爽香。大変だ」

「え？」

明男の話を聞いて、爽香は青ざめた。

「あの連中だ」

と、爽香は言った。

「どうする？」

爽香はソファに腰をかけて、考え込んだ。

明男は急いで寝室へ行って服を着て来る。

「——一一〇番するか？」

「だめよ」

と、爽香は首を振って、「栗崎さんに万一のことがあったら……」

「しかし、三千万だぞ」

「いくら売れっ子でも、子役のギャラなんてたかが知れてるのにね。——今、三千万円用意できる人なんて……」

爽香は唇をかんで、しばらく考えていたが、「——河村さんの手を借りるしかないわ」

「しかし……」

「もちろん、今はもう刑事じゃない。でも、却って自由に動けるでしょう」

警察へ届ければ、どう対処するか、すべてを任せてしまうことになる。

その点は、河村自身、自分と愛人の早川志乃との間に産まれたあかねを人質にされた経験があって、よく分っているはずだ。

「俺もそう思うけど、河村さんの身に万一のことがあったら？」

と、明男は言った。

爽香はハッとして、

「そうだね。――考えなかった。布子先生や、爽子ちゃんたちのことを考えなきゃね」

頼めば、河村は命がけで力を尽くしてくれるだろう。それだけに、安易には頼めなかった。

「待って」

爽香は急いで寝室へ駆け込むと、自分のケータイを手に戻って来た。

「どうするんだ？」

「確か、登録しといた。あいつの番号」

「誰のことだ？」

爽香は発信のボタンを押して、

「緑川邦夫よ」

と言った。

しばらく、呼出し音が続いていたが、

「――何だよ、夜中に」

と、不機嫌な声が聞こえて来た。

「杉原爽香よ。ごめんなさい、起こして」

「ああ……。どうかしたのか」

「この間、私の会社に現われた連中が、また何かやらかしてるらしいの」

「あいつらが？　俺に言われても困るぜ」

「でも、知ってるんでしょ？」

「そりゃまあ……。何をしたんだ？」

爽香の説明を聞くと、

「馬鹿な奴らだ」

と、緑川は舌打ちした。

「朝にならなきゃ、いずれにしろお金は引出せない。でも病院は朝早くから看護師さんたちが仕事をしてるわ。そんな連中が何人もいれば、必ずおかしいと思うでしょう」

「通報されたら、大騒ぎだな」

「却って人が死ぬような事態になりかねないわ」

少し間があって、

「――俺にどうしろって言うんだ？」

「あの人たちに、取り返しのつかないことにならない内に手を引くように言って」

「待てよ。あいつらはもう俺の言うことなんて聞かない」

「でも、そんなことしても上手くいかないってことは話せるでしょ」

「俺が言ったら、逆効果じゃないか」

「でも、やってみて！　お願い」

爽香の語気に押されたように、

「分ったよ。どこの病院だって？」

と、緑川は言った。


「今晩は」

寿美代は、顔なじみの看護師と会ったので、会釈した。「遅くにすみません」

「いいえ」

と、微笑んで、「起きてらっしゃるかしらね」

「そっと伺って、もしおやすみならお顔だけ見て帰ります。ね、果林？」

「うん」

と、果林は肯いた。

「TV、見てるわよ」

と、その中年の看護師は言った。「パパは？」

「車で待っています」

と、寿美代は言った。「じゃ、行きましょう」

手をつないで、母と娘は足早にエレベーターへと向った。

――麻生は、病院の〈夜間出入口〉の前に車をつけて、自分は残ることにしたのだった。

三人でゾロゾロ行っては、栗崎英子を却って疲れさせるかと思ったのである。

麻生は欠伸しながら、車を出て伸びをした。

静かな夜だ。

病院も眠りについている。――救急車でも来れば、すぐに対応するのだろうが。

ぶらぶらと歩いて、麻生はふと足を止めた。

木立ちのかげに、オートバイが置かれていた。――こんな所に？

近付いてみると、一台ではない。四台、五台も置かれている！

隠してあるとしか思えない。

麻生はいやな予感がした。――まさか、とは思うが。

〈夜間出入口〉の方へ戻ろうとしたとき、不意に誰かが前を遮った。

「声をたてるな」

闇の中に、白くナイフが光った。

麻生は血の気のひくのを覚えた……。

23　誤　算

病院の明りが見えて来た所で、爽香は、

「その辺で停めて」

と、明男に言った。

車が道の端へ寄せて停ると、爽香はケータイを取り出して、緑川へかけた。

「——今、病院が見える所まで来てるわ」

と、爽香は言った。「今、どこ?」

「お前の後ろだ」

びっくりして振り向くと、車の数メートル後ろに、オートバイがいた。

爽香は車を降りると、

「どうすればいいと思う?」

と、緑川に訊いた。

「ともかく、血の気の多い連中だ」

と、緑川は言った。「周りで騒いで追い詰めないことだ」

「誰もけがしないように解決できたらいいけど……」

「それはちょっと無理かもしれねえな」

爽香は、車から降りて来た明男を、

「主人よ」

「ああ。——あんたも退屈しないな。こういう女房を持ってると」

緑川は軽口を叩きながら、表情は真剣そのものだった。「連中から連絡があったら？」

「大丈夫。このケータイへ転送されるようにセットして来たわ」

「慣れてるな」

「そんなことより——」

「まあ待て。誰かが病院の入口を見張ってるだろう。下手に近付けば、すぐに分っちまう」

「警察も危いわね、却って」

と、爽香は肯いた。

緑川は少しの間、考え込んでいたが、やがて遠くに見える病院の明りへ目をやると、

「あそこは救急病院だな」

と言った。

「ええ、そうよ」

「ここに救急車が来たら、当然あそこへ運び込まれるな」

　爽香は明男と顔を見合せて、

「――それって、つまり急患が出るってこと？」

「事故だとまずい。警察が出て来るからな。そうじゃなくて、突然の腹痛とかで、救急車を呼んだら？」

「病院の中へ入れるわね！」

　爽香は肯いた。「でも――あなたの顔は知れてるわ」

「俺が行こう」

　と、明男が言った。「俺のことは誰も知らない」

「一人じゃだめよ！　いいわ。私が患者になる。メガネ外して、キャーキャー騒いでたら、顔なんか分らないわ。明男が付き添って」

「俺がその車でついて行こう」

　と、緑川が言った。「あんたの上着、貸してくれないか」

「ああ、もちろん」

「私のメガネ、かけて。見た感じが変るわ」

「よし。時間がない。行こうか」

　と、緑川が言って、髪の毛を手でクシャクシャにした。

明男がケータイで救急車を呼ぶ。

「歩いてて、突然痛み出したってことにするわね」

数分で、サイレンが聞こえて来た。

「あれかな」

「――こっちへ来るぞ」

と、緑川が言った。

爽香は、いきなり道に寝転って、

「痛い！　痛いよ！　助けて！」

と、絞り出すような声を上げ、のたうち回った。

緑川が啞然として、

「あんたの女房、どういう性格してるんだ？」

と、明男に訊いた……。


「ちょっと、おトイレに寄ってく」

と、果林がエレベーターを降りたところで言った。

エレベーターのすぐわきにトイレがある。

「いいわ。じゃ、待っててあげる」

「おばあちゃんの所に行ってて。果林、分るもん」

「そうね。何度も来てるし」

と、寿美代が微笑んで、「じゃ、ママ、先に行くわよ」

「うん」

寿美代は、栗崎英子の病室へと急いだ。

明りが点いているようだ。――病院側も英子のことはよく分っている。

普通の患者のようにしていろと言って、聞く人ではないのだ。しかし、患者としては、英子は決して医師や看護師を手こずらせなかった。

「病気をしないのも、役者の仕事の内」

と、英子はよく果林に言ったものだ。「もし病気になったら、おとなしくして、早く治ること。一日休むだけで、大勢の人に迷惑かけてるんだからね」

――寿美代は病室のドアを軽くノックして、

「栗崎さん。失礼します」

と、ドアを開けた。「まだ起きて――」

ベッドが見えた。横になっている英子の頭に拳銃を突きつけている若い男が目に入った。

寿美代が言葉も出せずにいる内に、誰かが背中を突き飛ばした。

「声を出すなよ」

ドアのかげに隠れていた男が、小声で言って、ドアを閉めた。

危うく転びそうになった寿美代は、何とか立ち直ると、

「栗崎さん。大丈夫ですか？」

「こんな時に、よりによって来なくても……」

と、英子は言った。

「この人たちは――」

「下手な真似すると、このばあさんの命がないぞ」

と、拳銃を手にした男が言った。

そして、寿美代の顔を眺めて、

「お前、あの何とかいう子役のお袋だな」

と言った。「そうか。あのガキも一緒か」

寿美代はためらった。しかし、どうやっても、果林がここへ来ることは止められないだろう。

「一緒です」

「亭主は？」

「表に。――車で待っています」

男のポケットでケータイが鳴った。

「——俺だ。——ああ、そうか。そいつは例の子役の父親だぞ。よし、電話に出せ」

英子が、

「果林ちゃんは？」

と訊いた。

「今、トイレに寄っています」

「そう」

英子は小さく肯いた。

男は、電話に出た麻生へ、

「いいか、ここにゃお前の女房もいるんだ。お前は朝、銀行が開くのを待って、三千万用意して持って来い。——つまらない真似するなよ。杉原って女と連絡を取れ。いいな」

と言い聞かせて切った。

「三千万なんて……。そんなお金、ありません」

と、寿美代が言った。

「なくても用意するんだな。こっちにゃ人質が三人もいる。——おい、ガキが遅いな」

「トイレですから……。子供ですよ、まだ」

「まあいい。——そこへ座れ」

と、ソファの方へ目をやって、「さすがにいい部屋だな。ホテル並みだ」

「お金、私なら何とか用意できるわ」

と、英子が言った。「寿美代さん」

「そんな現金があるのか？」

英子は寝たまま、ジロッと男を見上げて、

「私を誰だと思ってるの。昔は大スターだったのよ。その辺のタレントとは違うわ」

「ふん。誰か金をおろせる奴がいるか」

と、男は言って、「何だか騒がしいぞ」

と、ドアの方へ目をやった。

「救急車だよ、兄貴」

と、もう一人が言った。「サイレンが聞こえる」

爽香が悲鳴を上げながらストレッチャーに乗せられ、ガラガラと押されて行く。

明男と緑川がそれを追って来た。

「どこが痛みます？」

と、看護師が爽香へ訊いた。

「お腹が痛いの！　何とかして！」

と、爽香が叫ぶ。

「ともかく、診察室へ。——痛み止めの用意!」

診察室の中へ入って、ドアが閉ると、

「すみません」

爽香がパッと起き上った。「付き添って来た二人を中へ入れて下さい」

看護師が呆気に取られている。

明男と緑川が入って来た。

「うまく行ったな」

「あの……」

「今、ここの患者さんの栗崎英子さんの所に男が入り込んで、金を出さないと殺すと脅しているんです」

爽香の説明に、ベテランらしい看護師は、

「分りました。どうすれば?」

と言った。

爽香のケータイが鳴った。すぐに出ると、

「麻生君? ——じゃ、今、栗崎さんの病室に、寿美代さんが?」

爽香は穏やかな口調で、「——分ったわ。あなたはその男の言う通りにして。朝になったら、私もできるだけのお金を作るから。——ええ、今はともかく逆らわないで」

爽香は通話を切ると、

「果林ちゃんたちが見舞に来てる」

と言った。

「すると、人質が何人もいるわけか」

緑川が首を振って、「ますます厄介なことになったな」

「警察へ連絡しますか?」

と、看護師が訊いた。

「もし気付かれたら、他の患者さんに危険が及ぶことがあるかもしれません」

と、爽香は言った。「向うは、果林ちゃんたちまで人質にして、うまくやったと思ってる。今がチャンスだわ」

「どうするんだ?」

と、緑川が訊く。

「仲間たちがどこに潜んでるか、分る?」

「まあ……大方、考えることは見当がつく」

「お騒がせしてすみません」

と、爽香は看護師に言った。「責任は取ります。力を貸していただけますか?」

「できることがあれば、何でも」

と、ベテランらしく落ちついた看護師は肯いて言った。

「おい、ガキはどうした」

と、男がちょっと苛々しながら言った。

「さあ……」

寿美代も、正直気になっていた。果林がこんなに遅いとは……。

「何かあったのかも……。見に行かせて下さい」

男は迷っていたが、

「仕方ねえな。誰かに告げ口してみろ。このばあさんの命は無いぞ」

「分ってます」

寿美代が立ってドアの方へ行く。そしてドアを開けようとしたときだった。

廊下にタッタッと足音がして、病室のドアが開いた。

「栗崎さん、起きてますか」

と、看護師が入って来る。「先生に言われてたでしょ。夜中に一度、血圧と体温を――」

「おい！」

銃口が看護師の方を向いた。「ドアを閉めろ！」

看護師がキョトンとしている。

そのとき英子が、自分の左腕に入っていた点滴の針を右手で抜くと、それでベッドのそばの男の脇腹を突き刺した。

「痛え！　こいつ――」

拳銃が揺れる。

看護師がその男に向って突進して、体当りした。

もう一人があわててナイフを取り出したときには、緑川がドアを大きく開け放って飛び込んで来ていた。

緑川の手にメスが光った。腕を切りつけられて、ナイフを取り落とす。

「拳銃を！」

と、看護師が叫んだ。

爽香である。体当りされて仰向けに倒れた男も拳銃は離さなかった。

緑川を見ると、

「貴様――」

「馬鹿はよせ！」

と、緑川が怒鳴る。

「畜生！」

銃口がベッドの方へ向いた。

爽香が英子の上に覆いかぶさる。

男が引金を引いた。


「全く！」

栗崎英子が顔を真赤にして怒っている。「いつ私の代りに死んでくれって頼んだのよ！」

「すみません」

爽香がベッドの傍で首をすぼめている。

「本当に……。銃が故障してたか、弾丸が不発だったか知らないけど、信じられないような幸運よ。弾丸が出なかったなんて」

「そうですね」

「いい？　今度もし何かあったら、真先に死ぬのは私！　年齢《とし》を考えなさい。もし、身替りにあんたに死なれたら、ずっと旦那さんに恨まれてなきゃいけない。そんなの、ごめんよ」

「でも、結局、大丈夫だったんですから……」

と、爽香は言いかけて、英子ににらまれ、口をつぐんだ。

病室のドアが開いて、

「ママ」

と、果林が顔を出した。

「果林！　どこにいたの？　心配するじゃないの！」

寿美代が果林を抱きしめた。「——今までトイレに？」

「うん。男の人の方に」

と、果林は言った。

「どうして男の人の方に？」

「ここの前まで来たとき、中でケータイの鳴る音がしたの。ママの着メロじゃないし、誰だろう、と思って聞いてたら、知らない男の人の声だった。だから、もう一度トイレに戻って隠れたの。女の子の方のトイレには捜しに来るかもしれないと思って、男の人の方の、バケツとかが入ってる所に隠れた」

果林は病室の中を見渡して、「——何があったの、ママ？」

聞いていたみんなが呆れている。

緑川が笑って、

「こいつは大物になるぜ」

と言った。

「もう大物よ」

と、英子が言って、「果林ちゃん。もう大丈夫よ」

「良かった」

果林は、看護師の制服を着た爽香に気付いて、「——ドラマに出るの?」

「そうじゃないのよ」

爽香は苦笑した。

当直の医師がやって来て、

「警察の人が話を聞きたいと」

「はい」

爽香が病室を出ようとすると、パッとドアが開いて、麻生が駆け込んで来た。

「あなた!」

「良かった! 二人とも無事か!」

麻生は寿美代と果林を両腕に抱いて、泣き出してしまった。

「あなた……。脅されてたんじゃないの?」

「なに、一発おみまいしてやったら、のびちまった。表に縛って転《ころが》してある」

「パパ、強い!」

果林に頬っぺたへキスされて、麻生は泣き笑いの顔になった。

爽香は、ちょっと首をかしげながら、明男と緑川を連れて病室を出た。

——まあ、ともかく誰もが無事で良かった。

後になって、麻生を脅していたのは、かなり若いチンピラで、自分もびくついていたので、夜道に舗石につまずいて転び、頭を打って、勝手に気絶したのだと分ったが――。
麻生はあくまで妻子には、「自分がやっつけた」ことにしたらしかった。

24 清算

不安が眠りを妨げていたせいもあるだろう。

美佳は、ベッドから起き上った。

車の停る音、ドアの閉る音。一台ではなく、二台、三台といる。

夜明け前の、ほの白い明りがカーテンの端から覗いていた。

美佳はベッドを出ると、ガラス戸を開けてベランダに出た。

見下ろすと、マンション前にパトカーが三台、停っている。——予感が当った、と思った。

思いがけないほど早かった。

玄関の鍵が開き、

「葉山美佳さん」

と呼ぶ女性の声がした。

居間の明りが点くと、色部貞吉が立っていた。

「美佳……。お前が健治を殺したのか」

怒りに顔を紅潮させている。

「あの連中が捕まったのね」

と、美佳はベランダの手すりにもたれて言った。「やめろって言ったのに……」

「お前は……」

色部を抑えて、爽香が一歩前に出た。

「警察が待っているわ。仕度をして行きましょう」

「ごめんだわ。失敗したときの覚悟ぐらいできてる。――ここから飛び下りるのは止められないわよ」

「死ぬのはあなただけじゃないわ。お腹の子も死ぬ」

爽香の言葉に、美佳は詰った。

「健治の子じゃなかったんだな」

と、色部が言った。「それが分る前に、健治を殺させたのか」

「待って下さい、色部さん。――美佳さん、その子の父親が誰でも、母親はあなたよ。子供には罪がない。考えて。その子のためになら、あなたもやり直せるかもしれない」

美佳は無言だった。爽香は穏やかに、

「もう少しで警察の人が入って来る。ほんの少しだけ、時間をもらったの。――追い詰められて飛び下りるのは間違ってるわ。落ちて行く瞬間に、きっと後悔する。お願い。こっちへ入って来て」

風がベランダへ吹きつけた。美佳は手すりにもたれたまま動かなかった。

爽香は、ごく当り前の足どりで進んで行くと、ベランダへ出て、美佳を抱きしめた。

「危いよ……」

と、美佳が呟くように、「あんたを道連れにするかも……」

「しないわ。それなら、とっくに飛び下りてるでしょ」

爽香が美佳を促して、居間へ入る。

刑事が入って来た。爽香は美佳へ、

「着替えましょう。手伝うわ」

と言って、寝室へと一緒に入って行った……。


「今日は」

爽香は〈ラ・ボエーム〉の扉を開けて中へ入ると、「──あら」

カウンターで、手にしたコーヒーカップをちょっと持ち上げて見せたのは、緑川だった。

「大活躍だったんですね」

と、増田が言った。「今日の豆でいいですか？」

「ええ、お願い。──何をしゃべったの？」

「俺じゃない。麻生の奴がたっぷりしゃべって行ったんだ」

「全くもう……」

爽香は苦笑した。「あなたにもお礼言わなきゃ。おかげで病院の中で騒ぎにならなかったわ」

「あの連中も一人一人は気が小さいんだ。大勢寄ってないとビクビクしてるのさ」

「熊田敬子さんはあなたの顔なんか知らなかったから、美佳さんに『あれが緑川』って言われれば、そう思い込むわよね。でも、怒らないでやって」

「本当にお前は〈レックス〉のリーダーにでもしたい奴だよ」

と、緑川は笑って言った。

「オートバイは乗らないの」

爽香はコーヒーの香りをかいで息をつくと、「美佳さんは素直に自供してるようよ。たぶん、計画を立てたころから変ったのね。自分が母親になるって実感して」

「もっと早くそうなりゃな。――しかし、健治の奴は許してしまいそうだ。お人好しだったからな」

「そんなに良く知ってたの」

「俺の父親は色部貞吉だ」

と、緑川は言った。「お袋は看護師だった。たまたま入院した色部が目をつけたんだ」

爽香も目を丸くしていた。

「じゃあ、あの病院のお医者さん——」

「あいつは知ってて、色部の代りに俺に金を渡してた。色部は俺と会ったこともないよ。お袋も早々に死んだ。——だが、金だけはもらってたんで、食うにゃ困らなかったがね」

「それで告別式に……」

「健治とは時々会っていた。あいつも男の兄弟が欲しかったんだ」

「色部さんにちゃんと話すべきだわ」

「財産目当てと思われるのはいやだ」

「でも——」

「お宅で雇ってくれるんだろ？」

「え？　知らないわよ、そんなこと」

と、爽香はコーヒーを飲んで、「私の下に来ないでね」

「それは社長に言えよ」

緑川は立ち上って、「じゃ、またな」

と、店を出て行った。

爽香は、手にしたコーヒーカップの真珠色の光沢を光に当てて見ながら、

「もちろん、大切なのは中身だけど、器も大事よね」

と言った。「このコーヒーを紙コップで飲みたくないもの」

「そうですね。淹れる方も、カップがいいと自然ていねいになりますよ」

「でも、人間がコーヒーと違うのは、器がいいと、味も良くなることがある、っていう点ね。初めから『お前には紙コップで充分』と言われてたら、努力もしない……」

爽香はちょっと笑って、

「こういう説教じみたこと言うから、『老けてる』とか言われるのかな」

「お若いですよ」

「ありがとう。――ごちそうさま」

爽香は代金を払って、立ち上ったが、「あれ、監視カメラ?」

棚の上の隅に、小型のTVカメラが取り付けてあるのだ。

「ああ、あんなことがあったんでね。なに、ただ飾りで付けてあるんですよ」

「へえ」

爽香はカメラに向って手を振ると、店を出て行った。

――少しして、店の奥から男が出て来た。

「気付かれたかと思った」

「中でモニターを見てたんですか? 出て来て話をすりゃいいのに」

「顔を見られたら、この店は閉めなきゃならない」

と、中川《なかがわ》は言った。「絶対にしゃべるなよ」

「分ってます。俺は、中川さんのおかげで足を洗って、こうして店まで持たせてもらって、満足してますすよ」

増田はカップを拭きながら、「しかし、中川さん、殺し屋が女に惚れちゃまずいんじゃないですか」

「承知の上だ」

「まあ、分りますがね。気持のいい女だ」

「今度は危いところを助けてやれなかったな」

と、中川は不服そうだ。「全く、見てるとハラハラする。物騒なことばかりしやがって!」

増田は笑いをかみ殺していた。

「ちょうど休憩時間ね」

爽香と明男は、ホールのロビーへと入って行った。

「やあ、来てくれたのか」

河村が二人を見付けてやって来た。

「爽子ちゃん、この後ですよね」

爽子の出るヴァイオリンのコンサートだ。

ただの「発表会」から、鑑賞する「コンサート」に出るようになっている。

「楽しみだわ」

「色々大変だったね」

と、河村が言った。

「何かあったら、またよろしく」

と、爽香は言った。

ロビーを見回していて、爽香は見知った顔を見付けた。

「――望月さん！」

同業の〈Mホームズ〉の望月と妻のみどりがいたのだ。

「やあ、どうも」

「よく分りましたね！」

「君のところの――ほら、里美ちゃんに聞いてね」

「嬉しいわ。遊びに来ていただこうと思ってたのに、なかなか……」

「〈Mホームズ〉を辞めたんだ」

「まあ」

「目下失業中」

と、明るく言って、みどりが笑った。

「辞めて良かったよ。こんなに気が楽になるのかとびっくりした」

「望月さんなら、どこへ行っても大丈夫。――さつきちゃんは?」

「お友だちの所で預かっていただいてるの」

と、みどりが言った。

「あ、ごめんなさい」

ケータイが鳴ったのである。――爽香はロビーの隅へ行った。

「もしもし?」

「杉原さん。久保田結です」

「ああ。――どうかしました?」

「お世話になりました。色部さんと別れて、私、他の仕事をすることにしました」

「そう」

「奥様は、『主人にはあなたのような人が必要』とおっしゃって下さるんですけど、そう言われると、却って……。杉原さんにひと言、お礼をと思って」

「私は何も――」

「いえ、杉原さんを見ているだけで、何だか元気が出て来るんです」

「それなら嬉しいけど」

「またご連絡していいですか?」

――爽香は電源を切った。

明るい日射しがロビーに差し込んでいる。

「私って、人生相談のボランティア？」

と、爽香は呟いた。

「第二部が始まります」

というアナウンスがあって、爽香は急いで明男の方へと歩き出した。

解説

鶴見《つるみ》俊輔《しゅんすけ》（哲学者・評論家）

杉原爽香は三十三歳になった。爽香とともに、彼女をめぐる社会もまた、年をとってゆく。年長の映画スターは七十五歳になって、今も元気である。

主人公と再会すると元気になる成長小説は、ほかにもあるかもしれないが、ヒロインをめぐる人びとが、ともに成長してゆく成長小説はめずらしい。

私は、第一作『幽霊列車』から、赤川次郎の作品の数よりも多く、その作品を読んでいる。もう一度、おなじ小説を読みたくて読んでいる場合もあり、うっかり忘れておなじ作品を読んでいる場合もある。赤川さんが三百冊書いたとして、私は四百冊読んでいる。

どうして、彼の作品を、初登場以来、読み続けているのか。私の同時代の日本に失望しているからである。

しかし、世界に先んじて原爆を二発落とされた日本を憎むことはできない。

それにしても、原爆を二発落とされて、日本よりも強いとわかってから、アメリカに従い、今はそのアメリカにいだかれて、いばって国民にむかって命令などしている。この私の国の中に暮らして、私は国民のひとりとして、自分の国に眼をそむけたくなる。いったいどこにのがれたらいいのか。

古典として言えば、日本に残っている『風土記《ふどき》』と『風土記逸文《いつぶん》』である。そこに書き残されている浦島太郎は、すばらしい人である。動物虐待《ぎやくたい》を見ていられなくて、お金をやって亀を救ってやり、やがて亀の親がお礼に来て、太郎を海の中の国につれてゆく。この外国でも、太郎は乱暴をはたらいたこともなく、しかし故郷が恋しくなって、また亀に乗って帰ってくる。

故郷に戻ると、外国では別の時間がたっているらしく、昔の知り合いはほとんどおらず、淋《さび》しくなった太郎は、あけるなと言われていたおみやげの箱をあけると、煙がもくもくとたって、たちまち白髪のおじいさんとなり、老いが彼のなぐさめとなる。

こういう立派な人と肩を並べられる人は、今ここに住む一億二千万人の中に、いるだろうか。

ほんとうにわずかの人を、私は思い浮かべることができるばかりである。赤川次郎の作品の中に、私はそういう人たちと出会う期待を持ち、その期待は常に満たされてきた。赤川次郎の作品は、特に杉原爽香の活躍する成長小説は、私にとって現代日本の『風土記』である。

赤川次郎ファン・クラブ
三毛猫ホームズと仲間たち
入会のご案内

赤川先生の作品が大好きなあなた！〝三毛猫ホームズと仲間たち〟の入会案内です。年に4回会誌（会員だけが読めるショート・ショートも入ってる！）を発行したり、ファンの集いを開催したりする楽しいクラブです。興味を持った方は、必ず封書で、〒、住所、氏名を明記のうえ80円切手1枚を同封し、下記までお送りください。おりかえし、入会の申込書をお届けします。（個人情報は、規定により本来の目的以外に使用せず大切に扱わせていただきます）。

〒112-8011
東京都文京区音羽1−16−6
㈱光文社　文庫編集部内
「赤川次郎F・Cに入りたい」の係

初出誌「訪問看護と介護」（医学書院）二〇〇五年九月号〜二〇〇六年八月号

光文社文庫

文庫オリジナル／長編青春ミステリー

真珠色《しんじゆいろ》のコーヒーカップ

著　者　赤《あか》　川《がわ》　次《じ》　郎《ろう》

2006年９月20日　初版１刷発行

発行者　篠　原　睦　子
印　刷　凸　版　印　刷
製　本　凸　版　印　刷

発行所　株式会社　光　文　社
〒112-8011　東京都文京区音羽1-16-6
電話　(03)5395-8149　編集部
8114　販売部
8125　業務部

落丁本・乱丁本は業務部にご連絡くだされば、お取替えいたします。
ISBN4-334-74117-7 Printed in Japan

お願い　光文社文庫をお読みになって、いかがでございましたか。「読後の感想」を編集部あてに、ぜひお送りください。
このほか光文社文庫では、どんな本をお読みになりましたか。これから、どういう本をご希望ですか。どの本も、誤植がないようにつとめていますが、もしお気づきの点がございましたら、お教えください。ご職業、ご年齢などもお書きそえいただければ幸いです。当社の規定により本来の目的以外に使用せず、大切に扱わせていただきます。

光文社文庫編集部